E COMME ÉVÉNEMEN

事件 ACROPOLI

ISBN978-986-94802-9-

字母會 E→事件　　衛城
初版一刷二〇一七年九
下回預告●●　　F→虛構

E
COMME
ÉVÉNEMENT

目次

E如同「事件」

E comme Événement

楊凱麟

事件

字母會

小說並不只是為了書寫各種事件，不只是想寫個人、家族、性別、殖民與國族的奇聞異想，因為小說本身便是事件，小說必須讓自身成為由書寫強勢迫出的語言事件。

平庸的小說總是想填塞各種奇譚，而高明的小說家則使得小說變成怪奇本身，使得語言因小說書寫而瀰漫怪誕與驚奇。因此小說家並不一定說故事，但文學卻必須成為語言平面所掀起的文字風暴。

卡夫卡在他的日記裡寫道：「沒有或幾乎沒有一個我寫下的字與另一字相契合，我聽到子音尖銳地相互傾軋發出報廢金屬的噪音，而母音像是展覽會黑奴般高歌。」文學是如此浮沸在語言的熱湯上，字詞的衝突與角力使得每個寫出的句子都暴力刮擦著日常語彙。因為文學不是為了再現任何事物，屬於文學的每一個字皆躁動且通過書寫的反抗而在紙頁上重現語言的生機。小說不會因為說故事而啟動虛構的威力，虛構要求的更多（或更少），文字必須率先迫臨到自身的界限上，動員每一字詞以便將其從宇宙的一頭貫到另一頭，讓文學書寫著落在沸騰的字詞蟻動之中，然後是事件的即刻降臨。寫任何事情都行，但在動員字詞時讓其「飽滿於每個原子中」，吳爾芙如是說。

讓事件自我啟動於文字張力的過度飽和之中，或者，事件不過是小說語言的內燃與過熱。虛構的威力同時亦是逆反與越界的威力，是不可能契合的字詞在同一布置中的矛盾共存。讓書寫如同批龍之逆鱗，顛倒語言的經脈，發明嶄新的文法與句構，以便事件能在任何時刻任何地點湧現。

不是讓文字述說故事，而是對語言抽筋剔骨以便抵達事件激生的暴烈場域。文學就如同文字層級的暴動，事件在微語言學的分子化運動中積累，迫出語言的嶄新可能並成為文學生命本身。

每一個字都為了虛構而寫，都是虛構，都以其在紙頁上的不可能就座而成為事件本身。如果小說不（只）是故事，原因在於一切故事誕生之前，事件便以文字的不可能陣列籠罩整個文學空間。

只有重新喚醒語言的活力，以事件的強度纏祟其創造的嶄新時空，文學才贖回其虛構的威力。小說與事件的親緣性並不在於小說總是以故事之名述說著各種事件，因為故事不一定是虛構的，故事可以僅是傳奇、歷史、回憶、經驗或想像的述說，但虛構必然來自強勢迫出的事件，必須創造事件以抵達虛構，或者不如說，虛構本身才是發生在文學空間的唯一事件，然而這是小說家以每個被寫下字詞所組裝的戰爭機器，在文字平面上的生死賭注。

事件

Événement

陳雪

事件

E

字母會

那兩日，他們五人在酒店某一層樓的會議室，持續著上午至下午連續四場共七個小時漫長的座談。深圳，豪華客房玻璃窗外可見矗立的高樓群塊，建築之間裸出的天空顏色灰藍，目前對他們而言還只經歷過從機場到酒店的嚴重塞車，從酒店房間走到各個樓層吃飯或開會，看不出城市面貌的移動。

她將在下午一點半開始這場座談中發言十分鐘。只有十分鐘。

「今天我要說一個故事，它可能來自於真實，來自於夢，可能來自於想像，可能來自於我自己寫作某一個小說片段，也可能是某一個未被寫入小說卻是為了寫作而準備的片段，」她已無法分辨此事來源，寫作二十年，人生經歷、完成作品、構思想像、筆記殘稿，以及夢境，全都揉雜在一起。她說。

臺下黑壓壓的，樣板而正式的會議中段，昏沉的下午時光，大家繼續發表討論著「城市文學」種種，她感覺緊張，但不知自己發抖了沒，即使有，也是無法察覺的，這樣的開始是不是令人感到突兀？她是否應該照稿演出，如其他人那樣。

然自從住進這家酒店，每天幾次從電梯走出往回自己房間，就會迷失在那如迷宮般的走道，她在迷途間推翻自己的講稿，決定丟掉沉甸甸的嚴肅講稿，簡單說個故事。

「小時候，父親是個木匠，母親在工廠為人煮飯，我們是個鄉下竹圍聚落裡的五口之家，剛從老家分出來，擁有了自己的小小透天厝。」

時間因素，她像簡報似地盡量縮短語句。

「十歲那年父母與朋友生意投資失利，破產倒債，母親因此離家到城市裡工作還債，我們姐弟三人與父親繼續住在那個竹圍裡，半年後有天從鄰居姊姊家收到母親的來信。」

「母親在信中寫著抱歉與思念，請原諒媽媽有不得已的苦衷，等等，幾個月的音訊全無換來一封信，信末寫著一個地址，交待如何搭乘交通工具，母親請求我帶著弟弟妹妹到臺中市區見面。」

她開始對臺下觀眾比手畫腳描繪那路線的複雜，「從竹圍到達臺中交通不便路途遙遠，得先走二十分鐘林間小路到街上等公車，街上到豐原鎮的公車一天才四班，三十分鐘車程，到了豐原還得換一班到臺中市的公車，再搭四十分鐘。母親交待得十分仔細，他們相約在北屯區一路口，公車站牌下，」

多年來累積的經驗，她仍然無法在演說時全然忘我，她總會留意到臺下有人眼光飄散，低頭看書，或起身離開。然而這次她盡可能不分心，她謹慎揀選字眼，卻又讓故事恣意流出。只有十分鐘。

「母親可能已經等候許久，變了模樣的母親，離家前還是長直髮梳攏耳後，瓜子臉瞇瞇眼，隨時都帶著歉意只好自嘲地微笑，母親生就一張美麗而哀愁的臉，然而在公車站牌下迎接我們的，是一個陌生人，或者說，那是已經變裝過的母親，眼睛明顯動過雙眼皮手術，頭髮染成淺金褐色，吹得又澎又捲的法拉頭，穿著一襲鵝黃色洋裝，誇張的墊肩將她的身材比例如同臉上的妝容，都變成應該是電視上走出來的人物。只有母親開心地抱起年幼的弟弟時，那一抹哀愁的微笑依然如舊。」

時間分秒流逝，她得製造出魔術。身為寫作者的她喜歡這種說故事的「一次性」，即興演出裡不能修改，經常會隨著聽眾的表情反應而改變節奏，劇情轉彎，非常想要記住的事她喜歡對誰說出來，說的過程故事會被「他人」影響，無論更接近或遠離事實都無妨，像拾荒一般沿途撿拾可用的語句，亦像做夢，上一句還說著，後面的字句已經塞車，自動填補了敘事上的空洞，更像是偵探，一個腦子說，另一個腦子被各種方式激發著，一勺一勺舀出在記憶褶縫裡的畫面，這些全部都在極短的時間內發生，一次性。

「母親帶我們搭上計程車，穿過曲折街道，來到一個大建築物前，門前招牌寫著『敬華飯店』四個大字，這是從鄉村竹圍出來的人沒見識過的東西，門前鋪著紅色地毯，穿著制服的男士為我們開車門，飯店正門是淺茶色的玻璃。當玻璃門隨著人們走進而緩緩往兩邊退開，我們仨小孩都發出唔，一聲低呼。母親輕聲笑說，別怕，這是電動門。」

她確實看見了那個招牌嗎？敬華飯店這個名稱會不會是後來她與男友約會休息的地方，或者是某一次悲傷幽暗的逃亡中，獨自的居所？或者，年輕時在藝品店上班每日都要經過的路途，她會在飯店附近買早點。茶色的玻璃是夢裡時常出現的，電動門，一直都代表著某種鄉村孩童的城市經驗。

「我們仨都非常乖靜，緊跟著母親移動，飯店大廳寬敞，頂上有巨大的水晶燈，長櫃檯幾個制服人員，母親對他們點點頭，我們就繼續往內走，走進一個母親說，這是電梯，的東西裡面，可以感覺到機械振動，車廂往上升，噹的聲音，門就打開，母親帶我們走出車廂，腳下又是暗紅地毯，軟而沉，會把腳步聲全吸走，直到一個房門口，母親按門鈴，門打開，喧鬧聲音像轉開電視那樣湧出來。」

她似乎聽見那突然湧現的聲音再次湧入她的耳朵，過了幾分鐘呢？時間還夠嗎？觀眾的耐性還在嗎？她瞥見同團的作家朋友，沒戴眼鏡看不見對方的表情。

「那是一間寬敞的房間，後來我知道那就是所謂的雙拼式套房，附有客廳，兩房，中間有門連接，可以關上或打開相通。屋裡都是人。喧鬧的聲音來自於電視、牌桌，連同母親在內共有四女四男，一張桌打麻將，另一桌打撲克牌，母親帶我們到電視前的長沙發，給了我們汽水跟餅乾，媽媽說她等一下就過來，說完就走近了打麻將那桌，有人起身讓位給她。」

「電視播放著卡通，汽水是橘子口味，餅乾則是圓筒狀的洋芋片，上面有很多橘色的粉末，吃起來鹹鹹的。屋裡除了各種聲響，就是氣味，茶几上的滷味、魷魚絲、瓜子、沒吃完的便當、牌桌上的啤酒罐、花生殼，以及幾乎人手一隻香菸熏繞，有人吃檳榔，女人的脂粉，香水，或體味，空氣濃稠近乎凍狀，各種氣味的懸浮粒子在飄，弟弟妹妹投入於卡通的情節，我只是四處張望。」

「那是個美麗又醜陋的地方，美麗在於柔軟的地毯，白色的化妝臺，華貴的吸頂燈，在於媽媽與其他阿姨臉上的妝容，醜陋在於凌亂與腥臭。」

「然而終於見到媽媽了啊，信件裡簡單語句寫著令人心碎文字的母親，消失後又復出的她，陌生而熟希的她，自摸！我聽見母親大喊，然後走到我們身畔，一一摸摸我們的頭髮，又回到牌桌。」

她側著頭，感覺時間的流逝，得講快一點了。

「門鈴響，有人開門，走進來三個男人，西裝筆挺，油頭淨臉，身量都高大的中年男子，男人們一進屋，桌上的遊戲就都靜止了，母親將我們三人帶起，交給我一疊百元鈔票，慎重地說，帶弟妹下樓去吃牛排，在櫃臺旁邊的西餐廳，可以打電動玩具，媽媽忙完就去接你們」

「我們穿過門口時經過西裝男人身旁，有濃重的古龍水氣味。」

她想起這座酒店的電梯，大廳入乘處有四座電梯，她總記不得從不同方位電梯出來距離房間的方向就會改變，於是總在電梯與走道間迷路。

「我們出了門不遠就看見電梯，車廂門開，進入，門關，下樓，一切十分自然，我對於會操作這樣的新穎的器械感到自豪，大廳右側果然有一個西餐部，我們點了一客牛排，三杯可樂，冰淇淋，桌面乍看是深褐色玻璃，按下右下方按扭，桌面燈光亮起，出現遊戲檯面。小精靈跟跳躍的馬力兄弟。」

「東西都吃完，遊戲也玩過幾盤，弟妹毫不厭倦地投下一枚枚硬幣，我突然感覺不安，超過一個小時，或者更久，但母親卻沒有來，」

「我把電動關掉，說，我們回去了，弟弟似乎想反抗，但又被我的嚴肅嚇住，我到餐廳櫃檯付錢，拉著他們就進電梯，穿過櫃檯時感覺有奇異的眼光注視著我們，電梯門關上我腦中突然一黑，完了，」

「我根本不記得母親是住在幾樓，幾號房，」

「因為緊張我隨意按下了六樓，希望電梯快點啟動，電梯緩緩上升，我持續思考，但不可能想起來，我記得全部的細節，母親如何到公車站牌接我們，計程車在街道上的穿行，下車，進大廳，跟櫃檯的人微笑，進電梯，出電梯，按門鈴，氣味聲音嘩地湧出來。」

「我全部記得，」

「唯獨遺漏了最關鍵的，幾樓幾號房。」說到此處，她感覺臺下有人倒吸了一口氣，擔憂，幾乎是集體的。沒有人恍神。

「電梯依舊上升，我懊悔了，覺得應該立刻下樓回到餐廳等待，但因為驕傲與恐懼，我無法承受再一次穿過櫃檯時，那些人的注目，他們一定知道我們是沒有人要的孩子吧，衣著破舊，舉止僵硬，或許頭髮也不夠乾淨，上學期我們都得過頭蝨，去年還染上了水痘，怎麼看都是鄉村來的窮孩子，」

「突然電梯門打開了。」

說到此她竟有暈眩感，臺下的緊張持續昇高，會議室的冷氣似乎不那麼冷了，有人開始出汗。

「我們走，我對弟弟妹妹說，我們去找媽媽。他們永遠是乖順的樣子，電梯門外依然是舖設暗紅色地毯的長長走道，奇怪地不見半個人影，遠遠望去，走道兩側相對稱是一個一個不斷向前延伸的白色房門，牆上每隔一段距離就會有幅裝在木框裡的複製油畫，框中的風景，看來每幅不同，卻也極度相似的風景畫，如那些不斷自我複製的房間，無窮盡似的，令人目眩，我看見每個門板上都有個金屬圓牌，寫著數字，但我不記得母親的金屬牌子上寫著什麼？」

她稍作停頓，但只半秒鐘。可以感受到聽眾因為期待而豎起耳朵，這是故事裡最美好的時刻了。

她繼續開口，不急促，不拖拉，她想好這是個整整十分鐘就可以展現的演出，但在心裡卻爬行許久，內在的時鐘果然比言語的時鐘快速太多，臺下這些人對她來說重要嗎？

要耐心描繪出場景。創造結界。

「我沒對弟妹們說明，他們也只是傻傻跟我走，我決心一樓一樓找，我想要憑自己的記憶將母親的房間找出來，」她記得那長廊，無論是夢中或想像，現實裡她時常在這樣的旅館或飯店或酒店長廊裡，或寒酸或高雅或奢華的地毯觸感掠過她的身體，她時常慌張地走著，無論多少次都無法習慣。

「每到一個房間，我就把耳朵貼近房門，傾聽、聞嗅，我太記得母親那房間的氣味了，洶湧的聲音與氣味不可能被牆壁與房門遮蓋，一定會有些許洩漏，只要一丁點，我就能聽聞出來。」

「悠悠遠遠啊人的記憶力比自己能想像得到的還要龐雜，我們一間一間房地走過，這棟大樓彷彿淨空了，除去空調裡不斷重複的消毒水與某種芳香劑，再無其他了，難道這是一座在我們吃牛排時已整個被搬空的旅館嗎？或者是在我們搖動滑桿叮叮噹噹隨著小精靈追逐吃食著那些電子圖案時，移形換影地整座旅館置換成別的某種東西？」

「或者這是鄉間午後漫長地思念母親而起的一個夢，夢得太真了，以至於我們一起出現在這個夢中的旅館？」

「但那時於我一切都是真的。太逼真了，我執拗地深入記憶裡，企圖回憶出一切，我想起母親的房間是從電梯出來右手邊往前走，不會超過五六間吧，母親帶我們靠向右側走道邊，停在一個門前，舉起右手，按下門板右邊、在門把旁的電鈴，我想起一定不是六樓，那麼是五樓或七樓呢？三樓或九樓？最高就到九樓了，我想起電梯裡的數字沒有四。到底該往上或往下？或者從二樓開始找起？閉上眼隨便挑個數字，敲門？我想起當初按下六是因為我生日在六月，對六這個數字情有獨鍾，那麼我也可以選擇三樓，因為我是三號出生的。但我依然帶著弟妹匆快地穿過走道憑著直覺往樓梯間上走，到了七樓。」

「路途顛倒了，我們從最靠近樓梯的房間一間一間找起，我繼續貼著房門，示意弟弟別說話，房內似乎有些聲音，電視節目，人們談話，或者當時的我應該不明白，但我卻明白的，男女歡愛的呻吟，遙遠模糊地，像是內部的房間有幾十公尺遠那樣，像將聲量轉得極小的深夜廣播，幾乎是一種嗡鳴。」

「在倉亂的步行中，弟弟幾次要哭起來了，我用手摀住他，恫嚇說那時如果有人突然發現了我們，就會被帶到警局，會永遠與父親母親分開，再也沒有人可以找到我們了。雖是恫嚇，但我自己深陷這驚恐念頭，除了繼續尋找，沒有其他辦法。」

「所有的感官都動員起來，我望著那幾十個白色房門，幾乎可以透視，但我知道那些內容都相同的房間裡，沒有我母親。母親在這棟建築裡被消蝕在上百個白色房間中的其中一間，我必須找出來。」

「我記得那房間的全貌，兩個相連的臥室，母親的床單是翠綠色，床罩滾著白色的蕾絲，高高的彈簧床超過我的腰，兩個枕頭中間有一顆心型抱枕，枕上有舒服的絨毛，玩具似地，床組與梳妝檯都是白綠色相間，有很多抽屜，地毯不是起初我以為的磚紅色，而應該是駝色短毛，我穿著飯店的白色拖鞋，因我記起那白色與駝色相間的色塊。往記憶更深處，打麻將那個桌子是飯桌，鋪著麻將紙，牌尺是綠色的，打撲克牌的是大茶几，電視鑲在一個木頭酒櫃牆裡，沙發也是綠色的，塑膠皮，我記得也有抱枕，粉紅色的，圓形與方形各一個，棉布材質。」

「我記得太多事物了，我們前方的小茶几堆著零錢、長壽香菸、報紙、空便當、四色牌做成的小圓筒，筒裡插著剪刀、原子筆、牌尺，我記得母親說這是小雨阿姨，那是莎莉阿姨，這是阿強叔叔，她快速地介紹那些短暫回過頭看我們，又回頭繼續打牌或翻麻將的男女，但那每一張臉，只要他們出現在這個空曠的走道我必然認出，」她納悶自己為何能自信說出，當時沒近視，世界明亮清澈，過眼不忘，現在她連自己的老朋友都認不得了，怎麼走回酒店房間也不認路。

「我凝視著那些房門上的圓牌裡的數字，0712，0714，在這些無窮盡的四個數字組合裡就藏有一組打開我母親房門的號碼，但無論我記得什麼細節，這關鍵的數次卻是我遺漏的，當時我甚至沒想過去看一眼小圓牌，」

「我們如在沙漠裡行走，對於周遭的安靜空無感到安心又疲憊，腦子像被用力擠壓，要擠出任何蛛絲馬跡卻已經再也榨不出東西了，我開始想像，把這一天的遭遇一次一次倒帶重播，像有強迫症般繼續偷聽這個樓層的每個房間。」

「就在路的盡頭，或許還有幾間在前方吧，總之，突然有個房門打開了。」

「三個黑西裝高大男人走出來，身旁站著我母親，母親送客到門口，男人背對著我們，漫步走向電梯，門開，他們消失不見，」正確說來那到底是三個或四個男人，是穿著昂貴的西裝或者只是普通的打扮，在她的記憶或故事裡，三人，黑西裝，已經成為必要的符碼。

「母親轉過身來，發現什麼似地衝著我們喊，跑哪去了？快過來啊？」

她記得母親那恍然大悟的臉，也記得那其中帶有一點詭譎，心虛嗎？懊悔嗎？或者只是因為妝容開始剝落了。

「我們又被帶進那個房間，一樣地，從開門的剎那就充滿噪音與刺鼻的氣味，打麻將一桌，打撲克牌一桌，電視機還開著，卡通依然播放，我們被帶到那個沙發，是駝色的，絨布材質，地毯是紅磚色。」

「弟妹像上了發條般，一到電視機前面立刻聚精會神，母親過來摸摸我們的頭髮，拉拉領子，咕噥了句，應該帶你們去百貨公司買衣服。我發現她身上換了睡衣，是那種叫人臉紅接近絲質的貼身睡袍，胸口交叉，露出雪白前胸，身上香氣四溢，是此前沒有的。」

「母親又回到麻將那桌，有人站起身來讓她坐。我像跑了一千公尺那麼疲憊，癱軟在沙發上，我倔強地忍住眼淚，沒有人發現剛才那幾十分鐘裡我們，或者我自己的遭遇，但我忽然安心，又絕望，我永遠會是那個知道一切卻又不能說出來的孩子嗎？那一年許多事件的發生，其詭異處都在那太像夢了，無論是家中破產，母親失蹤，或者我們這般與母親在這陌生的飯店房間裡，怪異的重逢，我們三人，確實都是被遺棄的孩子了，我悲悽地想著，後來成年的我，於是做著一種工作，叫作寫小說，但事實上，我只是重複那個下午旅館走道長廊上的發生，就是那將耳朵貼在門板，企圖動用經驗，想像，幻覺，記憶，將隱藏在看似一模一樣，永無止盡的白色房門內，其中一個母親的房間尋找出來。」

「如果沒有，那麼，我就自己創造出一間來。」

「我說完了。謝謝大家。」

事件

Événement

童偉格

事件 E 字母會

每年春末這週日，濱海公路會跑起國際馬拉松，千萬條腿歡快灑開，沿海望不見岸。午飯時刻剛過不久，或至遲不過傍晚，陳的爺爺必會拖著偌大旅行袋，轟隆隆從公路拐彎，殺上山坡，來到陳的家。每年此日，陳就特意坐門口，等候一身熱汗的他抵達。爺爺當然不是去跑馬拉松，只是和老人會朋友們，一同騎車去起點，那處觀光飯店大廣場集合。等到大隊跑離良久，不見人了，他們才騎車出發，慢慢沿海，聊天晃蕩，一站過一補給站，去討取未發完的瓶裝水，香蕉，小番茄，或一口裝巧克力。爺爺將討得的，塞進萬年旅行袋，而後就騎著車，通北海親友，一家家分送。多年以來，這是爺爺一人的馬拉松。陳的母親，素來看不慣爺爺「乞食性」，總要說些難聽話，從前是背後喃喃，晚近幾年則都當面罵了，即便她男友在場時亦如是。從前幾年，爺爺都會車停妥，行李袋拖進屋，一件件掏東西，久坐長聊。晚近，爺爺也就都不進屋了，車也不熄火，匆匆交代了東西就走。所以，陳更得專程等候了。陳知道，每年馬拉松，都是六點半準時起跑，而爺爺和朋友們，總約定七點整，齊聚大廣場，每年皆如此。但年復一年，陳還是要問，爺爺都是幾點起身，幾點去等的，老人會朋友們，都有些什麼人啊，今年是不是，又是非洲黑人跑贏了啊。爺爺一路溫吞押後，要聊要討，要拿要裝，當然不太可能知道都誰跑贏了。但問這些場景，會讓爺爺開心，很有話講。爺爺講著開心，不知不覺也就將車熄火，跨坐其上，孩子般興高采烈往下編。陳應和著，也開心，就站在家門口與爺爺瞎攪和。陳總想著若有一年，若能再將爺爺哄進屋裡坐，那陳也算及時成材，會聽也會說人話了。

但今年陳仍然失敗，爺爺講完，再轟隆隆發動車，就下坡走了。陳提著爺爺分裝給他的垃圾袋，走到自家巷尾，下望坡底，試圖分辨濱海公路上流動身影，哪個才是遠去的爺爺。公路滿布細碎紙片，馬拉松大隊真散了，陳看那條星散路上，爺爺說還要一人再去的地方，看必定比開跑時刻還早起許多的他，所再度過的尋常一日。早起日常，數公里外，爺爺推奶奶進廳，開電視給她看，去小灶生火煮粥，炒菜，開醬罐，與奶奶配電視囫圇吃了。

還有時間，爺爺去巡第一回菜田，再回來收拾，而後爺爺就離家，前去馬拉松。而現在，爺爺要去廟街訪友。爺爺說，廟街那些商家老友都歡迎他去，因為他一來，就不知為何總帶來生意，所以都喜歡他去聊天。爺爺的話，當然是不能盡信的。

沒有什麼是一直如此的：那條濱海公路，原不是那般寬，而陳所立足的這片坡地住宅區，原是沒有的。爺爺從前不是那樣老，而陳原也不是現在的這個陳。只是，龐大時間，已提前為爺爺指明了他最後的命運：他勤儉耕作一輩子，但至死，都將是無土之人。多年以前，那條濱海路開始拓寬，熟門熟路的爺爺，一人如常，如今日那般騎車晃蕩。飛蟲一樣，爺爺被彼時新立的電線桿頂上，那長列在正午時分仍不暗去的全新水銀燈所惑。像同時看見千百個太陽，爺爺失神陷坑，摔車，整個人真的騰空飛起，再重重摔落，被送進了彼時亦是新起的署立醫院臨海分院。陳去探望爺爺，盡力和緩爺爺在生活了一輩子的地頭上，再度騰飛成陌生人的恐慌。一段時日後，陳接爺爺出院，回爺爺家，野放爺爺進他所僅剩的荒原。爺爺曾有過的一小畝山田，在陳童年伊時，就被徵收為葬地了。在陳成長的年歲裡，爺爺成為違法的農夫：在葬地坡底，邊緣，任何可能的畸零地上，爺爺都勤勉闢出菜田，菜田錯錯落落，園籬高高低低，具體看來，就像那條讓爺爺騰空重摔的星散道路。但在這一切之中，爺爺顯得開心，看見上方，在陽光下閃著金光的骨塔，以及沿坡而來，一長串正對爺爺家，方方正正皆反著光的死者永息地，爺爺也開心。借光借光，爺爺說，現在整個白天，家裡都不必點燈了。

爺爺總是愛說笑，爺爺大約並不記得，是因為那樣的他，才讓陳成為現在的陳的。陳沒什麼正當才能，最天賦異稟的，就是身材一般，長相大眾，絕難讓人記得，就像傳說中的那種空氣人：同班三年的同學，從入學到畢業，每天都來跟陳講同一則笑話。這助益他，在十多歲，還在中學就讀時，就自我鍛鍊，成了慣竊。

後來，陳當然默默戒了這慣習。戒是戒了，但彷彿神對稟異之人的天譴永存，那在青春期時養成的生理時鐘，陳卻一生難再調整了。所以，到了三十多歲，陳仍然每天晝伏夜出，開著貨車，在濱海一線，值著為各處商店補貨的大夜班。像在贖自己未成年時的罪錯，又像只是已為個人年輕時的衝勁，另找到一種汙名盡去的替代形式，陳駕著公司借他的車，車裡滿載不屬於他的財貨，在一條全新的兒時路上奔馳。陳自認，是個沒有故事可講的尋常人。因為成事不說：過往既已默默戒斷，最好也不要在記憶裡一一清點了。也因為他知道自己是不會變了：無論到了四十歲，五十歲，甚至是六十歲，像爺爺對個人最後命運的知曉，只要世界允許，陳個人是極樂意，一輩子去值這大夜班，去跑這一人馬拉松的。雖然，世界允不允許這濱海一線，將來還有店有人，有大眾一般歡快的爺爺與陳，陳並不知道。但這，就不是他有能力去臆測的了。雖則自認無故事可講，但像一切尋常人，陳偶爾還是會回想自己，這所謂的現實人生的。這說來困難，只因似乎，在他一生中，在夢境裡奔走的感知，比在光天化日下晃遊的，對他而言，要來得具體與確切許多。更多時候，他會深記的，是某種接近閉眼的感知，或者，某種全身涵容他，卻並無景深，亦缺乏變化的不知冷熱。這使得他所最懷念的，比之其他同場記憶的人，總顯得像是同一場空洞而靜止的夢。一場只能由他一人，獨自去夢著的夢。一場像他本人一樣日照不足的夢。或者，還是妻說得簡單明瞭：他就是個莫名其妙的人。

如妻所言，陳不善記事。但其實，他很想念那些莫名其妙的凌晨，在一夜配送工作完結後，他回公司倉庫，還了車，獨自走過一段濱海路，去向妻，彼時女友的租屋處。彼時，濱海路還在拓寬，事實上，彼時的整片海岸，正又一次全場動員，改造自己，去提早適應對他而言，更將悠遠的遷離或迫近。

所以他，只能揚長走過這些為將來特設的碎石，像太空人，走在只有他自己能肉眼看見的光年裡。像一個人，走過這必將無人聞問的，將來的基底。他看左近更底，那被廢棄更久的海，如實更像時間的廢棄場，以無盡暗湧，襯托濱海路的新護欄，與護欄邊，一排新立電線桿。那排讓爺爺失神騰飛的電線桿。彼時，它們仍然新穎而強健，仍像剛蹦蹦跳出預鑄廠，還未串連好內在時鐘，尚不知倦勤，頂上水銀燈，似乎真不打算再暗下了。這樣一人的清晨時冷時熱，但其實，或冷或熱，皆像被一自外於季節的豪奢通道，給隔離於光的拱照外了。那線碎石路沒有飛蟲，連海風都罕入，當他擡頭望天，只看見蛋清色的曖昧。那讓他所置身的地方，像那線碎石路所指向的，遠方最遠的將來，也像是沒有人可能想起的，生活最初被一一指配的密室之殼。但當然，他所置身的地方，仍又只是一處不屬於他的場所罷了。彼時的他，只是走在無人晨光裡，在這片全島境內電壓最強的地帶，走在一線未及鋪上瀝青，被照得光影不生的碎石路上，像一個過於富有，於是終不知將要竊取什麼的賊。

他有時，會想告訴妻這件事，說明對自己而言，所有這些並非全無意義：彼時，疲累將眠的自己，像每日輕輕走過這同一場預鑄的，不知如何與他人串連的夢。他記得的只是，當他轉進那條小巷與濱海路新造的接點，他一時就能置身於她租屋處的騎樓下，將要平安抵達了。

他用掛在脖子上，她交給他，讓他省事些的一串備鑰，弓著身，慢慢扭開小巷裡，兩店面間夾藏的鐵門，用最大力氣輕輕推門，絕不發出任何聲響。兩邊店面皆沉睡，店面鐵捲門皆密實拉下，絲毫未被他驚擾，一如那條預鑄向未來的碎石路，以及它能指向的最遠或最初。當他獨自一人，他像只是在寂靜巨大的表面張力底，一路上，緊緊抓取一條細絲，撐延它，帶著它一同旋身，進入黝暗的樓梯間。一輕輕將門關回，他就將那一路世界阻擋於外，置身在有她在內的若有人跡裡了。他轉身，重新布散自己所奮然抓撐的一絲寂靜，像展披一件防護衣，低頭，用一種極其悄然的方式，定定爬上樓梯。一步一步，這些接續向她的步伐，總像一落定就將自身重量吸回，一步一步迅成既逝。這迅捷的既逝，就是他夢境遊魂般無盡綿延向她的在場了。他其實毫不想念自己這樣未竟的在場。他只是慶幸著，悄無聲息，絕不驚起他人知覺，仍是他這輩子擁有過的，看不見他的他人，最無可想像的專業技藝了。因為他人，恐怕連彼時的她亦無可想像的是，他正是憑藉著這項技藝，才能在那些清晨，爬上樓梯，旋開一道門，走過屋裡一條甬道，再旋開一道門，走進一間有她在內的房間，在那些清晨，真正安抵她身邊。

他需要這般保持安靜，當然因為這樓層的甬道兩面，錯錯落落以木板隔出的房間裡，每一間，都住著一名護士，如她一樣：隨新起的署立醫院臨海分院，這些護士們如她前來，偶然落居這些木板房。護士需要輪班，所以上午，下午，晚上都有人在睡覺。所以保持整樓層的安靜，成了格外要緊的事。因此整樓層確也總是安安靜靜的，所有在的人，都像貓那樣待在自己房間裡，絕無多餘的交談。

他猜想，她們只是如他，將那一路世界拖曳進這居所了，使得這居所，具體就像她們日日要前往的病房。他也只是就能力所及，將她們需要的安靜保持得更純粹，不因他的走入而稍有僭越。彼時他尚年輕，不知道這樣將無人提記的專誠，在時間中將顯得毫無意義，事實上，他只是感激所有這些在他眼前的，偶然的錯落。所有這些，整北海地帶以其動搖地貌的全場動員，無比豪奢將她帶到他面前的，一切一切，所有這些他無法想像，也無能臆測的過去與未來。他們都太微小了，在這隨時巨變的，未來與過去亂數相參的一路世界裡。所以，當他毫無意義地小心，終於再次潛入她所在的房間，發現在那僅容一床，一桌，一櫃的木造斗室裡，她依舊縮在一角，安安穩穩地熟睡時，他感謝這斗室的細微，彷彿一切亂數，皆不屑於去擾動它。他把一路上撿的紀念品放在她桌上：滑稽的雜貨店小玩偶，或好看的小碎石，所以那些恐怕比他更能確切永存的紀念品。他輕輕躺下，擁抱她。她和好地，如他，以一種閉眼的全身感知迎接他，無比溫柔地，與他分享睡眠，彷彿那其中真有一個場域，那個微小的他們，永遠只能指稱為夢的東西，真能容受他們各自的疲累，或像他這樣一名終不知自己將要竊取什麼的賊，專業技藝在保持沉默的賊，無從裝進一個故事裡，去對她妥善說明的種種原委。

這時的世界，也就真正令人安心地寂靜了，對他而言。在這氣窗面對一無風景之對牆的斗室，在一切深眠的吸息之中。彼時的他，且也不再為這樣一種龐大的亂數而震顫：彷彿這整座新起的病院，這麼多入院者的苦疾，只是為了成就她和他。彼時的他，格外明晰地知道，這誠然是誇張的妄念罷了。事實上，以其失神，騰飛與傷痛去成就他們的，只是他爺爺。

爺爺總是愛說笑，永遠將他人冷待，或命運對己的吝惜，編派進過於和暖的笑談裡。很久以前，陳猜想，爺爺大概，也只能如此看待這樣一個世界了：爺爺像是一個世界全景破碎後，最後倖存的那人，這些星散田野，這些節氣般恆定的一人馬拉松行旅，支撐他在浮冰上的最後一段年歲。很久以後，他明白，那也只是一切人間常態罷了：他們這些墳地邊緣的殘餘人等，只是學著，很艱難地將儀禮重拾起，經過種種磨難，他們頑愚如昔，仍在學習著，該如何和彼此相處。很久以後，他猜想，善於寬諒的爺爺大概真不記得了，其實正是爺爺，讓他戒除偷竊癖的。十多歲時之於陳，是一段混亂年歲。那時，他是一名刻意失風的慣竊，在各個商店偷東西，被送進各處警局，要他母親前來，一次次將他領回。走上那片坡地，走回那幢亡父的居所後，總會有男人在屋裡等他。那些母親的男友們。這些男友有的望遠不干涉，有的就抽皮帶衣架，練習像名嚴父那樣教訓他。他且繼續偷竊，被捕，繼續要母親前來，一次次將他領回。直到有一回，那樣強悍的母親，大概真疲累了，放棄他，不再來領回他了。他在警局坐到深夜，就聽到轟隆隆機車聲。爺爺來了。爺爺來領他回去，收容他在爺爺家一夜。

第二天清早，爺爺說，要帶他去拜土地公。他們穿過所有那些星散田野，在葬地深處，找到一間小小的土地公廟。爺爺要他點香，跪拜土地公，他無言照做了。他起身。爺爺說，看見什麼了。土地公，他說。爺爺說，你再看仔細，土地公前面有什麼。他俯身去看，才發現土地公像，被隔絕在一片帶鎖的玻璃活門後，神像的基座，則被牢牢焊死在神龕上。你看，連土地公都怕賊偷呢，爺爺對他說，你不要做那種連土地公都害怕的人。

母親和男友出門，牽機車，要去大飯店的餐廳工作了。母親走到巷底，靠近他，看清他手上拿什麼，正從垃圾袋裡掏吃的是什麼。母親看著他，罵了兩句，就轉身走了。他笑笑，也準備騎車出門，離開這幢終無人跡的房舍，去醫院接妻，而後，在他上班前，他們猶有時間，去一趟爺爺家。今年和過往非常多年一樣，爺爺晃蕩晚了，像真有那麼多朋友，歡迎他去久坐。他們抵達時，天將黑了。他們進屋，點燈，喚醒電視機前的奶奶。奶奶坐輪椅上，在光影間看見手牽手的他們，像初次相見，又像看見久違的客人，那樣溫溫潤潤對他們笑了。

事件

Événement

駱以軍

事件

E

字母會

他試著想問她：在這像城寨迷宮，這藏汙納垢各種罪惡像城市陰溝渠道裡的小鼠竄跑的小區，那傳說中的黑幫，是怎樣誘拐那些腦袋不靈光但胴體像百合花一樣美麗的少女們，掉進來，而且服膺它整套吸血剝削、恐怖統治的法則，使得其中若有一個女孩被意外弄死了，他們可以像美式餐廳的後廚房，把一盤客人不小心將整罐BB辣醬倒下去的義大利麵，倒進那廚餘通道孔，不在乎地「處理掉」，而且若有外邊的人想一頭扎進這個世界，踩著線索追查那女孩曾經是被怎麼非人道對待，她是怎麼被蹂躪、被餵毒、被像用餐刀戳西瓜那樣純因某些人的躁鬱和恐懼，眼睛嘴巴被貼上封箱肉色寬膠帶，像電影裡演的（但卻是真的）被輪姦，然後被殺害？但其他的姐妹淘們，或像妳這樣在這「看不見的城寨」街區地圖裡討生活的女人們，會像鸚鵡螺的觸鬚，海葵般千萬指突款款擺動，將想探問祕密的侵入者，沙沙沙沙地排遺出去。那些傢伙是怎麼做到的？

他試著打聽，找那個「被弄不見」的女孩。最開始是他的小女友在找這個女孩。這有點複雜，他的妻子，像一個無懈可擊的母親，在他們的小公寓，帶領他們兩個兒子，在那沙漏細沙墜落的白日時光裡，持續、緩慢的「靜靜的生活」。他們每天一起（在家附近的泰式餐廳、手工麵館、日式小火鍋店、素食自助餐、牛肉麵館、甚至偶爾到昂貴一點可以點一鍋白菜獅子頭、叫一尾蔥燒鯽魚、或蘿蔔牛肉、炒臭豆腐、筊白筍百頁的江浙菜館子）晚餐，交換工作上遇到的人事紛擾，她娘家一些對他而言像汽車擋風玻璃上被雨刷劃過之雨中街景的麻煩，或是小孩要升學面對的新制甄試，或兩兒子爭吵越界，較激烈時，喝叱他們。但他每週和他的小女友在旅館約會一次。他不明她的狀況、交友，她也從不把她的世界的連續性的任何關係，帶到他這扇門（他很小心擋在門口）後面的世界。雖然他的生命覺悟是：沒有一個疊床架屋的實驗室狀態，是可以保持長時間的均衡，不在於睪丸分泌的精蟲加前列腺的稠液，也未必在金錢或人際關係的嚴守祕密，而是時間。一種兩個以上的人生，持續如宇宙膨脹那般朝完全不同次元擴散，沒有一個單獨的人類，能承受那種持續分崩離析的撕裂。譬如他母親在他和兄姊皆長大成人後，在她五十多歲，突然從一個溫馴、對他父親百依百順的顧家婦人，瘋狂投入一些佛教團體，參加那些和他們家完全搭不上關係的誦經、朝山、作懺、幫死人助念的聚會。

對他而言，那是她們必然在某個時間點，再受不了待在你所在的這輛奔馳的列車，她們會像突然瘋狂，毅然決然拉開車門，在強大風阻中跳車。

但他的小女友，是在什麼時候開始，把「找尋她這個失蹤的女友」，從他心不在焉聽她說起這女孩突然從朋友間的聯繫消失了（手機電話、E-mail、FB、Line），大家口耳相傳了可能也兩三個月吧，終於確定她是失蹤了。然後她（像芝諾的「飛矢辨」或「阿基里斯追龜辨」）在每週一次她們在小旅館房間交歡後的吸菸閒聊時光，一小塊一小塊幻燈片那樣攜帶著「關於這女孩的種種」，也並不引起他警覺的，斷肢殘骸帶到他的意識裡。

他曾猜測，他的小女友曾在重疊他的狀態下，和這女孩有一段短暫的情侶關係。後來可能是小女友甩了這女孩。他從她那段時間對那女孩的負面描述，似乎常深夜嗑藥後傳一些讓她困擾、憤怒的簡訊（具體內容她沒多說了），以此猜測那像開不過幾個夜晚就枯萎癟垂之曇花的悲傷戀情。

會不會獨自搭車去東部哪個斷崖跳海了？但他不敢加入小女友對這失蹤女友的推理。也沒有任何人報警。似乎這件事變成小女友無法跟世界其他人討論的一個數獨遊戲。似乎有輾轉從朋友的朋友那傳來消息，那女孩時間點上最後一次跟他人連絡，人是在香港。另一則訊息則是，某個算那女孩泛泛之交的昔日同事，半年前曾在永康街口那間鼎泰豐和友人用餐時，狹隘挨擠的閣樓裡曾遇見那女孩，恰坐她背後那桌，印象中一桌全是香港人，喳呼大聲用廣東話交談，眼角餘光瞥去全是染亮金粉紅寶石藍鮮豔鳥巢狀頭髮的古惑仔，即使座間有臉上凹窪坑洞中年人，但打扮氣質也是一個路數。那女孩跟這朋友打了招呼，說現在在做「精油塑身直銷」，這些是香港來的講師。還交換了名片（但這昔日同事把名片搞丟了）。

有時候，那扇像重磅高壓氣密式，嚴絲合縫的隔音門，在你不理解怎麼回事，物理學上怎麼可能發生時，就碰一下被撞開了。

事情來得非常快，對他而言就像某個假日午後在永和二輪戲院看那連在一起播放的一部好萊塢國際特工動作片，之後再接著看一部蔡明亮的《不散》，慢到比尋常時光還慢的無言的人們，而黑暗中光曝之牆仰頭的畫面就正是他置身的這個將要消滅的戲院，或座椅一排排延伸往那同樣孤單如謎坐著，也許將腐臭歪斜的不幸男子。他母親有一天對他說，要去香港探望一位故人。他母親已七十七歲了，怎麼會有這樣一個在香港的舊交而他不知道（從小就沒聽說過）？一問之下，是他父親過世前癱瘓那幾年，住在他們老屋協助母親照顧那如擱淺氣息猶存巨鯨的菲律賓女傭瓦蒂。打長途電話來說「媽媽（她和後來不同名字住進他們那日式暗晦老屋幫他父親，那胖大老人身軀翻動，擦屎把尿的菲律賓女孩們，都這樣喊他母親），我現在在香港幫傭，很想妳。」給了地址和香港手機號碼。但他記得他母親那時對這個瓦蒂並沒善待啊？像是臺灣典型的老婦以一種多疑、苛刻的兀鷹態度（因為她們刻苦的一生，並沒有和「婢女」相處的教養——且還是黑女人！）處處嫌棄她們的漫不經心、衛生習慣差，講手機蠻夷鴃舌讓她們聽不懂嘰哩咕嚕又哭又笑一兩小時。當然很多是仲介公司的洗腦。不過他懷疑那最深層隱密的惡意，是因這些豐乳肥臀的黑少女，就一張行軍床睡在那雖然已是活死人卻終是他一生的男人的床畔，混亂了那暗夜花瓣的邊界，可以任意撫摸那老人的性器（有時老不羞的竟還勃起）、肛門，擦澡時那麼親密地用溼毛巾擦拭他垂皮皺褶的乳頭、脖子、耳朵……。而這位瓦蒂後來被遣返，是因他母親在家中垃圾筒撿到一支驗孕棒，而且是有孕的。嚴厲追問下，才知是巷口水電行老闆搞的。怎麼可能有那時間空檔？

但是，當他們在香港機場出了關，在那像科幻電影場景一臺一臺編號的巨大行李轉盤前等那些五顏六色摔出的硬殼行李箱時，不知何時，在他身後，他的小女友和他母親攀談上了。總之他們後來推行李小推車出機場搭的士時，他母親告訴他：「這位李小姐剛好和我們是同一間旅館，跟我們一道搭個便車吧。」

那一路上，他坐前座駕駛旁，聽後座兩個女人不可思議的交談。他的小女友始終微笑著，當他偷個空隙看她一眼，她看也不看他，像她臉上那層淡妝，某個光影變化才會看到細細的銀鱗閃光，她就像個家教很好，眼神安靜直視的好女孩（也許她本來就是一個這樣的女人？）他母親像個小孩跟幼稚園老師嘀嘟了一串她和那個菲傭啊，當初怎麼艱難照顧他那身高一米八，體重過百的植物人老爸。有一次她們推他老爸出門到街上（讓他看風景），他老爸突然從輪椅滑坐在人行磚上，她和瓦蒂倆身體都那麼嬌小，換各種方式都無法把他老爸頂回椅面上，經過的路人也沒一個停下伸出援手，那真是叫天天不應叫地地不靈啊。後來瓦蒂真是小孩子，竟那樣坐他爸爸的身邊哭起來，我看她哭得傷心，也索性坐下哭。我們大概哭了有半小時喔，然後瓦蒂說：媽媽，哭一哭好像比較有力氣喔，我們再試一次。然後嘿咻，就把那像巨石怪的他爸爸，硬扛上坐回輪椅……

他母親說：「妳說，我怎麼能不把這瓦蒂當自己女兒咧。」

他的小女友好像被他母親這一段敘述真的感動了，她說：「我可不可以抱妳一下？」

總之，第二天早上，他和他母親在旅館早餐吧「巧遇」他小女友，而又湊坐同一桌時（當然他前一晚已摸進她房間，以一種從未有的激情、色慾，和她纏綿一番了，甚至射精時要求射在她臉上），他感覺他母親頭腦混亂，忘了他已有家世和小孩，像是恨不得把這好姑娘娶進他家當媳婦兒。她在餐桌這頭，拉著他小女友的手，東問西問她在臺灣爸媽多大歲數啊？之前在哪高就啊？她現在是做什麼行業啊？有沒有男朋友啊？

那時他有一瞬悲傷的情感，像一艘太空船鈦金屬引擎殼裂開的極細的紋縫。他想到他的妻子，如果看到眼前這一幕，不知會多受傷。他妻子和他母親的關係和情感一直很冷淡，這裡頭有一種說不出原因的翳影，從沒發生過戲劇性的爭吵，但好像是時光懸浮物肉眼難見的細小傷害。他母親知道他妻子不喜歡她，他妻子也知道他母親不喜歡她。但此刻（在這奇怪的香港之行），他感覺他母親像一時軟弱，跟魔鬼換籌碼，暗渡一個幻影的邊界，似乎穿過那個她裝憨弄傻不斷堆上兩個女人的小祕密小親愛的棧道，他，和她，便共謀地和這個對她而言認識不到十五小時的陌生女孩，共組一個母、子、媳，像舞臺劇的，她的「理想的生活」。但這一拗折，他的妻子，還有兩個兒子，便在這個次元消失了。

但是他母親千里迢迢跑來香港和瓦蒂的相會，並不如她預想的溫情或也許她腦海幻影印痕那年代老電影某一幕，一個喫盡人世委屈的黑女孩，投進她懷裡啜泣，而她（像佘太君？賈母？或德蕾莎修女？）輕拍她顫抖不止的後背，既寬恕了同時又救贖了這孤星淚的小女孩——事實上瓦蒂對他們母子跑來香港，似乎充滿錯愕與不安（也許她擔心他搞砸她在香港這高樓峽谷裡某一小間高空中單位裡的看護工作?)。他們約在旺角一處地鐵站出口，發現她帶了兩個菲律賓女孩一道，在那鋪天蓋地、像潮浪衝撞著她們母子，天啊你不敢相信有那麼多數量的人擠在那的街角，他們的相會真有一種「生死兩茫茫」之渺小感。他母親說:「瓦蒂，妳好嗎?」那菲律賓女孩說:「媽媽，妳好嗎?」但她們錯過了第一時間的擁抱，他們說話的聲音被這轟轟市聲給吞沒了。他母親的表情訕訕的，似乎這頭頂上方閃著幽靈巨影廣告電視牆，但又說不出的髒汙、塵土覆漫、如此擁擠的高樓陣把她震懾了。而瓦蒂和她的兩個同伴則一臉戒懼。彷彿她們是非法移工，而他們是臺灣移民署跨海來做餌通緝她們的。後來他們一起步行到一旁一家茶樓用餐，他母親把大包小包的怪東西交接給瓦蒂。那頓飯三個菲律賓女孩吃得心不在焉，不斷輪替著講手機。或也對這周邊全是老華人大呼小叫的喧鬧用餐空間說不出的不安?或那些廣式點心並不合她們口味?總之，如果那時他說出:「瓦蒂，我和媽是專程從臺灣搭飛機來看妳的。」那一定是全世界最荒誕怪異的嚇人臺詞。

他們吃完就和瓦蒂和她的兩個朋友分手，她們好像要搭地鐵去中環參加一群姊妹淘的露天野餐。他和母親在荷里活道馬路邊走了一段，她顯得失魂落魄。過了很久他才發現他們根本是漫無目的，不知朝哪個方位亂走。

也許是，港片看多了，便相信那個女孩，小女友的女友，被藏匿、關禁在這燒臘、鐵鉤鉤著紅淋淋的鴨子屍體、疊滿干貝、魚翅、北菇、鹹魚乾的攤家、穿著白色廚師袍圍坐著打麻雀的老頭們、街景被雙層巴士截斷的城寨，他好像必須按圖索驥（許地山芒果撈嘢？周大福金飾？龜苓膏？屈臣氏？美心餐廳？），對了，走進一間「威尼斯人芬蘭浴」，窄小的走道壁櫃前，脫光全身，將號碼牌鑰匙環戴在左手腕，穿著淺藍布浴袍，被戴著耳機和小蜜蜂麥的西裝小夥子讓進一間不大不小的客廳，大約放了十來張沙發躺椅，各半躺半坐著一些也那樣穿著浴袍的老男人，眼睛像某種病態的凸眼金魚、燎泡翻白，一臉哀愁地仰頭盯著上方一架電視裡的超現實草坪上的足球賽。電視一旁是一架不可能的供奉著關老爺（那麼擁擠，那麼像大火燒過倖餘的焦黑）的神龕。

他坐在一個眼部蓋著一小疊溼毛巾（應該是熱的），邊抽菸吞雲吐霧的老胖子旁的座位。他想那個「不見了」的女孩，像摸著棉線束一捻一捻在那串繫著的冰糖小鴨、冰糖小金魚、冰糖小元寶的干擾中，線頭上的線頭，最後能央求，能追問謎底的，就是這個鬆弛、老醜的身體。一旁的老叔們或飲著蓋碗普洱茶，或報紙蓋臉打著鼾。間或從那密室暗門打開，走出一個短裙白襯衫的年輕女郎，從其中一張躺椅挽起一個衰老的男人，像牽浣熊或企鵝那樣帶進去。其實他若從浴袍口袋，拿出預藏的釣魚線，將身旁這老胖子無戒備的柔韌喉頭一拴一緊抽，甚至不會引起其他如在緩慢夢境中熟睡的老人的騷動。

他的預感：這就是那個event的最裡面的暗房。錯過了，他會和他媽、小女友，繼續迷路、打轉、在這繁簇紛亂的城市亂針刺繡裡，找不到他們要找的，不知為什麼老遠跑來這卻搞不見了的線頭。

他說：「華叔，問你一個人，臺灣來的女孩子，左眼下有一顆哭痣。」

老胖子像是非常厭煩連這樣的老一輩靜謐休憩的時光都會被闖入，嘆口氣，說：「我認識左眼下有一顆哭痣的女人，就梅艷芳嘍。」

然後老胖子又說（像是他運氣好，恰撞上他今日日行一善的扣打還沒用掉）：「誰讓你知道這兒的？」

他說：「你不記得我啦？」

這道暗牆後面，那像蟻穴蜂巢般一小格一小格各放了一張按摩床、配置了一個穿著性感睡衣在辛勤工作的女孩們（有的踩在像趴在沼澤鱷魚般的老人裸背上像在跳芭蕾舞；有的是用跪著長髮垂灑往客人耳朵吹氣；有的同樣是跪姿卻是俯在那同樣像哀傷夢遊者老人腿胯中間坐在床沿含著他們垂死的小雞；有的則正進入這工序最後階段，兩腿圈開裸身躺著讓客人在她們慈悲敷衍的淫浪哀鳴聲中以為自己是拳擊擂臺最後瘋狂出拳要將對手KO的一陣衝刺……),這些全都「是他的」,她們幾乎全是從深圳過來的,偶或有一兩個年紀稍大些的香港妹,但若說有臺灣女孩,那真是絕無僅有。老人像養了一群鵝那樣在衛生條件不佳的浮萍小池裡圈養她們。那池水裡同時浸著鵝們的排泄物、食物、掉落的絨毛或長羽。但不過是十幾年前,老人(就已是個老頭了)抽抽答答在他面前哭著:「我只有這一個女兒啊。」

現在那老頭坐起身,那臉上的熱毛巾掉到地下,對著玄關口那關聖帝君神壇下的窄櫃檯,用菸痰甚濃的沙嘎嗓音喊:「南生!南生!」

那個一身西裝馬甲稱頭的年輕人跑來,老頭對他講了一串廣東話(他自然聽不懂。但這樣的老頭便有幾分黑道大哥的霸氣了),年輕人轉身進到裡間——有一度他幻想他會帶七八個手持球棒的古惑仔,衝出來將他痛毆一頓,然後扔到大街上——這時老頭非常煩躁地抽著他的「中華」香菸,還打了一根給他,他推拒,老頭用細細埋在眼袋和皺褶裡的丹鳳眼對他使個眼色。過一會那年輕人帶了個約四十歲的女人出來，這女人和老頭又是一陣龍啊噯啊的廣東話交談。這過程女人一眼也沒朝他這邊看。女人又進去裡間，出來時手上拿了一疊信札（也就六、七封吧）。老人拍拍他沒夾著菸的那隻手，那老人的手溼淋淋的讓他想到水獺或海豹這類動物的小爪子，老人說：「我能給你的就這些了。你知道，原本我不是這麼處理事情的。」

他說：「請你相信，這也不是我平時處理事情的風格。」

他後來不很喜歡好萊塢電影有一類劇本，愛操作「蝴蝶效應」這個幻念。牽一髮動全身。一些彼此無關的人們，各自活在他們的標本皿那樣窄的生活困境裡，然而有一條隱祕看不見的懸絲，其實讓他們陰錯陽差地，像骨牌般地劇烈改變另一個陌生人的命運。好像每一個稍稍有點關連的人，都對一個重大事件，必須提供那麼即使微不足道，一點點的香油捐獻箱裡的零錢。他在街道對面的一間 Pacific Coffee 讀完那些信，這時他已弄不清楚，讀這些信，是替小女友找到那女孩可能下落的線索，他必須趕快將這沙裡淘金或刻舟求劍的碎證，趕去和他小女友會合，交到她手上。但他發現那些信上的字跡正是他小女友的：

「看樣子妳是下定決心讓我找不到妳了。沒關係，我答應過妳，有一天妳被連妳自己都無法對抗的某種冷酷異境吞進去，我一定去把妳救回來。」

他想他們是誤闖了一個卸貨碼頭：那裡像駱駝的墳塚堆放著上萬只吧那些暗紅漆鉛灰漆白漆工人藍漆墨綠漆的貨櫃，不同的貨櫃像馬廄馬匹臀部或大腿的顆粒疥癬那樣布著不同形態的鏽斑。它們被堆疊著，像孩童房裡的積木那樣不真實，但又如此巨大、遮蔽了他們四周的視野，一種濃稠無法穿透的逼壓而下的哀愁或超過人類尺度的疲憊。遠處某一疊這樣的彩色金屬磚塊上方，有戴著黃膠盔的工人拿著像仙女棒灑開焰屑的噴燒槍在焊什麼。除此之外，一片靜寂。天空的魚鱗雲正在那瑰麗，由淡如透明的藍，暈出份薔薇色，如水母裙襯的邊角漸漸變黑但又在那潦草如碳筆塗鴉的黑團線，鑲上極性感的一條、兩條金紅色皺紋。

他想他母親那時應已知道，他和他這小女友之間真正的關係。她像個驚奇派對最後被告知真相的小孩，生氣、或促狹同謀地笑、或激動哭泣、或板起臉訓斥，種種敏感顫抖的情緒全混縮在像國小自然課胡亂簡單麻醉青蛙的薄肚皮和纖細的胸部骨，露出一團糊爛脂肪鮮血中那灰綠色的小心臟。

他站在較高處一條嵌在水泥臺上的鋼筋編結的棋盤（但全是空心的）格子上抽菸，望著下方那直直切削入海的無人碼頭邊，兩個女人的灰影像在談判，又像如泣如訴的交心。

他記得之前在那輛駕駛座在右邊的紅色計程車上，他坐在左邊的前座，她倆坐在後座，他的小女友似乎為著他不知道她從哪些管道如風中蛛絲的線索追蹤著她那不見了的女友，弄得心浮氣躁；他母親則似乎為特地來一趟香港（可能是她這輩子唯一一次來這座城市了），卻得到那黑女孩瓦蒂冷淡回應，說不出的遲鈍的憂鬱而生悶氣。他的右耳從腦後努力收聽、判讀她們的對話。不知從他疏忽的哪個隱密時刻，她們之間年齡差、偽母女的親愛關係被切斷了。這種時候，他通常有一種，再次印證了「早知妳們會弄擰，一開始我就說絕不要讓妳們相遇」生命經驗給予教訓的哀嘆。這並無關乎從機場開始，一個即興劇場的贈與：她希望扮演一個「原來失敗了，不知為何不討媳婦喜歡」的，彷彿蓓蕾初綻的慈祥媽媽的角色；她則享受著一個完美兒媳、百分百女孩的委屈在陌生情境下的偷情刺激——而是，人類常無法承荷超出自己之外的，憑空搭建的關係之愛。她們吐著絲，想將對方裹進自己的銀白之繭裡，但到一個時刻，總會有一種（魚死網破嗎？）裸裎出「這才是真正的我」的蟲身的瘋狂與寂寞，變回一個鬧彆扭的、把房門反鎖的，等待「真知懂她的神降臨」的睡衣小女孩……

他有時會出現這樣的自我保護機制：一種疏離、事不關己的旁觀位置。那時，從他站立的那較高處望去，那兩團在這冷酷異境夜色漸濃中，模糊的影子，那時在距深海不到半公尺的水泥平臺，扭纏在一塊。他竟有種動物園關門時刻沒來得及出園的落單遊客，經過一柵籠，裡頭兩頭熊在暮色中搏鬥的心境。他只擔心被別人發現他怎麼出現在這裡。後來她倆的身影疊纏在一塊，似乎一起跌進海裡，紊亂的黑影中分不清誰的手臂在揮舞亂抓著。然後其中一個黑影趴在那水泥碼頭邊沿，艱難地撐臂爬回水泥平臺上。他過了許久，眼睛適應那黑翳，確定那躺在平臺上一動不動（也許她在哭？或在喘息？或退化成一隻母熊那樣精疲力盡地嗤嗤笑著？）的人影是他母親。等他意識到這件事的嚴重性，絆跌著從鐵皮貨櫃往下跳，大喊著被那空闊場景瞬間稀釋、弄碎的無意義句子，來到她們剛剛搏鬥的碼頭邊，無論對著那黝黑海水、那晃動的波浪怎麼呼喊，怎麼努力尋找，他的小女友就那樣消失了。她被他母親扭抓著頭髮硬摁進海底去了。

事件

Événement

顏忠賢

事件
E
字母會

一如他以前一直以為溼婆是一種跳豔舞的女神那種錯誤而不曾恐懼的荒謬絕倫，從來不知祂竟然是那麼殺那麼毀滅性地凶殘……以前的他不知道如何想像那古代鑄鐵舊銅像身形肢解般地盤旋成曲度歪歪斜斜的圓銅環中，是一種宇宙觀洞口的隱瞞隱喻，一種摧毀殺戳無數又成住壞空地循環業障地重新打造的自相矛盾，又善又惡，既生既死。

最後就不免跟著陷入某種一如自虐自殘般的愚行，陷入了那種瘋狂，那種撞入彷彿捕蠅草放大數萬倍陷阱之中的瘋狂，在那即使長出了複眼羽翅疾飛也逃不掉的飛行，注定在沉迷於花蕊花心一如快轉畫面中瞬間長大盤旋入雲的華麗美絕之中，即使以為可以逃離但是就必然殉葬在那種「毀滅人類然後才能拯救人類」的末世福音裡頭。

那畢竟是一件在瑜珈中心遇到的難以描述的心事，淡淡的、不知如何是好……因為，在某個很吃力的動作時，他老會想起了身上很多刺青也會戴很多叮叮噹噹怪東西的那個女人。因為，有一段時光，她也是都上下午的課，每次都在害羞邊緣的最後一排，一如他的忐忑不安，一如她老出現在他旁邊位子的那段時光的怪異……偶然與巧合、冥冥的意外中的更多失意……

她長得那麼細膩，五官清秀端正，身體勻稱沒有一點贅肉，像一隻弧度皎好的梅花鹿，馴良溫和地甜美，甚至有種教養極深地氣質及其過人體貼的客氣，但是，不知為何，她每回穿衣服的模樣卻完全迥異，顏色斑斑駁駁地鮮豔而出奇地誇張，像某種難以描述的布花紋飾充斥民族風的更詭異版本。她的身上總是繁殖出某種花鳥蟲獸的墜飾很多，桃木鑄鐵生鏽老派金屬雕刻極端惹眼但是也極端好看。一如怒放的花卉蕊心瓣膜，紅橙黃綠藍靛紫的飽滿色澤，獸紋蟲身鏤空雕花種種駁雜近乎逼真的形貌長滿了她那弧度優雅身子角落的迷離之中，有的在彎曲如新月的耳環，有的在腕身令人惻隱的多環手環，小腿尾端足弓微上緣的腳環，徬徨而迂迴曲折，彷彿古代建築屋脊簷側交趾燒細節充滿的天兵天將祥獸祥禽的小陶塑瓷雕的栩栩如生，每個角落的光影氤氳閃爍而必然華麗而炫目，甚至，她還穿鼻環，肚臍環，肉身刺入了更深的神祕莫測，更裡頭還有費解的洞口掩埋入的什麼細微抽走的針孔大小的幽微。

那麼繁複的刺青，在那麼多部位，肩膀弧度繞過的背胛，落入的凹陷虎口，小腿部末端的形，刺了許許多多不明獸身的臉孔，斑斕閃爍、眼睛瞳孔彷彿放光流瀉，所以即使在瑜珈動作那麼緩慢近乎停歇的姿態中，仍然是丰姿綽約有韻，彷彿一動身子就像一個擅長妖術蠱惑人心邊疆少數民族少女的妖嬈、或就是一個活生生的藏教密宗菩薩般充滿神通地懾人，甚至那麼有意無意所穿戴諸多不明大大小小的全身隨身法器般的墜飾搖晃閃現，對常常在旁邊也遲緩進入同一姿勢卻踉踉蹌蹌的他而言，身影婀娜多姿卻參差迷離，是那麼意外而近乎難以想像動人。甚至就像是京都最知名那老廟三十三間堂裡千尊老觀音的某一尊意外出走風靡模樣……那般無以倫比的淒迷華麗。

但是對他而言，更特殊的暗示的矛盾又反諷，竟然是這種種幽暗隱約的肉身殘影閃過，幻起幻滅的幻象卻是那麼性感，尤其她在他旁邊做某個艱難的瑜珈姿勢而汗流浹背時，那身上的刺青獸臉眼神潮解溼透地對他張望。

一如她闖入了一個菩提樹下降生菩提樹下悟道菩提樹下圓寂般的修煉的汗流浹背的他的結界，用一種一如在某種意外的時差中不小心看到鄰人美女洗澡游泳的裸露出局部肉體弧度的罪惡感，尤其她已然那麼誘人但又那麼不自覺，鑾甜美地用依然天真爛漫的姿態窩心但恍神地討論起他的或她的人生太尋常不過的甚至有點雷同的煩惱，一如他們開始不經意地互相打量……

但是在某一天的夢裡，她的乳溝臀形長腿長髮是那麼地逼近，那麼地像是廣告某種少女為了逞強偷穿性感內衣化濃妝而被當成已然長大熟透近乎不可能的美人的逼人。就這樣，用一種少女卻變妖女的艷麗妖嬈變形，太逼近的誤解之中卻出現了另一種極強烈的誘惑……因為，她這闖入結界的少女是如此令他又害怕又迷戀到……使他老在睡前幻想她那瑜珈姿肉身而手淫到精液滿手……

然而，這種夜半對她的性幻想拯救了他……因為那段時光本來他一直失眠，很忙很累到時間好像老在lag，慢下來了但又一直有些不斷冒出的泡沫般的差錯，身體的老毛病持續地找回來，肩臂腰椎微痛，老陷入某種睡著了又沒睡著的恍恍惚惚，不明的房間裡老聽到的雜音般怪怪的什麼……但是卻只有在手淫後因之的幸福及其疲憊，才能安然入睡。

而且，更病態的是……在那意淫她才能入睡的時光的更早之前，他老依賴看著那一部部最精心講究的新電影重拍出的舊偵探劇的另一種疲憊入睡的……那是令人迷惑而迷人的種種死亡……他因死亡所陷入的的所有繁複老文明細節都充斥在更推理劇式的懸疑及其疑難雜症，一如唯一遺失的是戒指在犯罪現場是倫敦的某貴族高官的舊黃銅浴缸旁那牆角祕室裡有老教派的巫術祭壇後頭……玩弄的這些遠見總會失控的偵探們永遠那麼犬儒，那麼多疑，那麼缺乏某種接手麻煩的耐心，一如早期工業革命留下的辛酸和傲慢，一如侏儒或吉普賽人的把戲的異國情調式的猥瑣，一如書寫在老屋簷下粉筆字跡的不明數字所見證的什麼，或是一如屍體所穿裡絨西裝外套上頭有河邊屠宰場的泥濘痕跡所沾滿鮮血或精液或不明體液的……那種種命案的老是充滿暴力或色情的令人疲憊不堪……才能令他可以安然入睡。

即使夜夜暗中意淫，其實他始終跟她不熟……在課堂前後攀談過幾回，但是沒有多問更多，她的聲音充滿內疚的遲緩，使他有著雷同的忐忑，更久以後，病了之後還上瑜珈的她也故意避開病情，後來，他遇到過的她也只是輕輕帶過她還在化療，已然剃光頭，積水狀況還好……種種。

他心中老是很不安，因為和她的交情不夠熟可以更進入，但是也不夠陌生到可以輕易離去……他還沒有提及他曾經對她的好感或甚至對她的性欲。

因為他更害怕這種狀態、這種情緒、這種困於死亡的悲傷和同情而引發的進退兩難……而在更多妄念中的徒然與坦然之外。他的對她驀然而無心的性欲卻使他更內疚，像是冒犯或僭越了某種距離感中的善意……

這種距離感……也老使他想起了她有一回跟他提過她小時候看過而看不太懂的福音戰士……年紀大了好像比較明白那裡頭的迂迴曲折「毀滅人類然後才能拯救人類」那種末世福音裡頭的徒然與坦然……

她說，她看了那種殘暴的殺戮現場的血肉模糊，卻只覺得好悲傷。這些少年們都好可憐，他們是這個時代的縮影。太超能力般聰慧而引發的暴戾永遠無法隱藏的無法無天，但是卻被封印在這麼平庸的不可能不誤解他們長大的世界。所以她真正的問題是我太喜歡那些福音戰士般的少年們，一如幻象般地始終同情並耽溺的那種狀態裡頭，或許她自己也是，也始終沒有長大，也太入戲到覺得這世界就是應該如此殘忍，無法逃離，無法無天地傷害，無法挽回，更無法療癒。

他跟她說，福音戰士已經大概是他最後看到的日本巨大機器人漫畫了，那是某種他青春期最終端的烙印，有些故事或隱喻已然太過模糊了，過了那麼多年，但是他仍極印象深刻的，是那男主角性格深入的懦弱，遲緩，矮小，而老被欺負的太可憐。那女主角們的肉身穿上駕駛艙中緊身服的太性感，敏捷好強近乎潑辣地欺負他。其實裡頭種種，一如陰沉的科學家父親及其陰謀，EVA和使徒的修長機械人形的極速殺伐空襲對決，引發的衝擊近乎核爆的毀滅，都還更用力地涉入了更多用毀滅來救贖的種種末世神學或哲學上對死亡和的兩難詭辯，常常在快速的畫面翻轉炫目疾光的大爆炸中卻突然出現宗教古樂或交響曲的緩慢管弦樂，慢動作的畫面中所有的噴血殺伐都變得異常地艱澀疏離，死海文件圖籙一如外星文明降臨頒下石碑的啟示錄所啟動的末世預言，種種，都太膾炙人口太多年了。但是，他所最難忘的，仍然是那個死角般的角色，一種投影的最末端光影中的陰影。福音戰士幾乎是所有像他一般宅男的退到子宮般最深的胚胎原貌標本，心理學分析的樣本最完美雛形，一種完全不想長大也不會長大了的精神狀態，一個害羞而退縮的男孩原來的天真善良但卻毀滅了全世界的末日故事主角。

她對他說：她也是在完全不想長大之中就覺得自己老去……而且還老得太快了，因為這世界變得太快，使她一如那些末日故事裡的少女或少男……根本還沒有打從心裡去面對或接受，這些世界或人類長大之後的改變。其實，少女少男們不是鬼魂，成人不是超渡者。但是，這種困難重重很像某種更諷刺的暗示。一個人心太複雜的無法天真，惡德逼身的逼近，長大之後必然龍困淺灘的仍然倔強，不可能的信任又不甘願不信任，懷疑別人又懷疑自己，傷害太深的無法療傷。

「已經化療六次，可是肋膜還在積水，如果還要化療下去，就不知道什麼時候能回來了……」最後一次見到的時候她說過。他想起了更多……前幾年他的身體也出事很久到覺得一定回不來了，但是，後來，慢慢回來了，只是太緩慢到心情常常會很不好，只是腰和脊椎出事，後來連膝蓋，骨盆，手腕，腳踝都幾乎在同一段時間前前後後一起出事，所以就覺得不會好了，其實主要是心情，到後來也沒好，但是只是學習到接受了不會好這件事，有好一點點就還蠻開心的，其實他也不知道自己會不會好，活過太長時光在種種角落逃不了的他，後來用一種極端小心的另一種方法切割或放棄……來逃生，過了更久以後，還用另外的種種幻覺般的人生麻煩把自己分心，亂流般地亂來……或就是封凍般地冰起來了地自暴自棄。瑜珈是他自暴自棄的某種狀態。

她說，瑜珈對她愈來愈壞毀的狀態而言也是，一如福音戰士裡的自暴自棄……宇宙的令人困擾到難以想像的反物質般的崩潰塌陷，把黑洞旁邊所有星球及其星系的所有生態都完全吸盡那種無窮無盡的闇黑之中。

這些一如物理的難以描述，一如福音戰士那種所有的必將毀滅地球的第一二三四次衝擊，都是由於那懦弱少年的一念之間的倔強或逞性子或徒然的憎恨。

他對她說「毀滅人類然後才能拯救人類」的末世福音是自相矛盾的……但也其實是很悲傷的，或許只是想用來遺忘。用一種更沉重而遲緩的聲音。因為這使他明白了「毀滅自己才能拯救自己」……

他老想起了她……在那他遇到她的瑜珈的老沙龍裡，很多人仍然出入一如很多煙霧的起落出沒離開之中，使始終想毀滅自己的他有點傷心，也想起更多的歉意，好像後來沒有再想起那拯救過他的她，甚至，沒人知道，連他也不夠用心也不夠傷心地想更盡心一點……卻老就只是懸在某種木然的出神。

尤其聽到了她的最後一次化療，而且後來就沒有再見過她的某種空洞感的出神中……他才想回來這麼多自己人生無法再撤退的死角，懊惱的悶熱，但是老又哭又鬧又其實沒法子忘懷。像他生命中尚未崩壞的部分般，吃種種過期的冰，不知道是不是酸菜都還是酸酸的水煎包，蒼蠅始終隨時隨地繞飛的冷便當，惡臭的臭豆腐，混濁如汙水池塘撈起的醬菜，甜得黃得像化學藥劑的汽水，所有的酸臭都一如蒜味般的揮之不去，好久沒有想起來這些太久以前的和人和過去的最不堪的那種種……尤其後來幾乎什麼都不想，就像拔掉了根，拔掉了全部有關的人和過去的自暴自棄。

她的出現及其消失……使他才意識到他早就把自己的過去……在這後來的時光中幾乎完全拔光了。一如他的曾經也大病過或說自暴自棄後很難得有感覺到難過……感覺到心中空洞感一如曾經有過真實感和存在感的出現……

雖然，最後他對她曾擁有過的淫念像某種動情激素或內分泌也終究一如沒有出現過般地消失了。

一如他那個夢，那個她過世之後才出現的夢，有一種好不浸淫的淫，而且出奇地緩慢，彷彿整個晚上都困在這夢裡。

夢裡頭，他在一個老城鬧區的巷口遇到她，彷彿好久沒見了地開心聊了好一會兒。那地方人很多，天氣有點熱又好像快下雨了那種悶……空氣都凝了，雲層又黑又低，像有什麼在作祟但又沒有……只是快喘不過氣那麼令人發慌。

突然，他問她想不想去他住的地方坐坐，他也被自己的大膽嚇了一跳，怎麼會這麼唐突……他也沒有那麼想一定要發生什麼，但也不是不想。或許也因為他一向不是那麼直接的人，天蠍座，冥王星人，屬蛇，陰沉到有點盲目迂迴到折騰自己才會更想那種……打開很緩慢而且勾引常會致命，打量獵物而始終出手像公螳螂只是遲早都會被母螳螂砍頭……雖然下體還以為開心但是命一定都沒了地……亡魂索然而來不及懊悔。

在夢中的她竟然說好……她那麼迷人，仍然是那麼令人心動。他們以前算是有點意思，卻一直沒太多更進一步的什麼發生……但也不以為意，就只是這樣地曖昧沉悶。但奇怪的是那天他帶她去那他住的老房子竟是很早以前租的而竟然認不太得的學生時代住的破爛宿舍。那種在某一條不明顯的舊街，尋常老街騎樓末端的像王家衛的花樣年華裡的場景那種昏暗卻隱隱約約的華麗。有點忐忑不安的他們一進門，竟然在那層樓門口旁第一間房間有靡靡之音和氤氳的光暈，可以看到有很多模糊的人影在跳舞，雖然不明顯，但是透過老式霧面彩繪大玻璃窗面，衣著很華麗性感的男男女女肉體仍然緊貼著舞動，淫靡極了。

但是，他們只是路過就往後走到光線昏黃的走廊盡頭，兩人都有點不好意思，只是淺淺地相視一笑，門推開走進他的房間。然後，他泡了茶，他們說了一些這幾年沒見彼此發生的事。她有點掛念地看到桌上有一個像溼婆又像跳豔舞的怪女神祇的那種古代鑄鐵舊銅像以及老是會失眠的他的安眠藥盒……後來的他們只是找到選臺器，專注地於電視所看到的畫質粗糙極了的電影，雖然老只像陌生的老片，還是陌生而拙劣的舊時代泛黃男女主角演員所演的，演得很不對勁地滯留於太直接地難過或皺眉，昏昏暗暗的空氣夾雜著低沉的畫外音配樂，管弦樂式地流動沉浸，但是，不知為何，就是只像一種廉價打玻尿酸去淚溝，打肉毒桿菌去斑，打矽膠隆乳……就當成少女奶茶賣之類廣告般的可笑又荒誕……

之後，沉浸的更多陰霾徘徊不去的他和她始終只就像電影裡的男女主角在一個房間裡冷戰式地說話，暈暈的眼神，對白極單薄而缺乏某種更迂迴曲折的暗示，然而，最後，有一個更後來切入的空鏡頭是她的手在空中緩緩移動，像失神般地跳舞或晃動……

端詳著她的這種詩意而抒情地近乎古怪的姿勢卻怪異地使他有種動心而不忍心的哀傷，但是卻也不知為何同時非常地亢奮，他的陰莖因而疾速地勃起還很快地射精……

這使醒來的他非常地懊惱而心虛，彷彿那是一種更歪歪斜斜而難以明說的內疚……他遭遇了但是卻誤解而錯過了……一種隱含救贖的福音，一種仙人迂迴的撥點，一種神蹟曲折的見證，一種頑冥不化的潑猴或垂危病患在病入膏肓但終於遇到了被救贖最後的機會的觀世音菩薩又再出現……但是，卻被猥瑣而褻瀆了。一如所有的悲傷不知為何在非常沉重的同時也往往都變得非常的輕慢而扭曲……近乎荒唐。

一如有一天在上課的最後攤屍式死寂的瑜珈教室中，他想起了已然過世的她時……雨水太離奇如傾盆而下的窗面卻完全聽不到的極端沉默，所有的人都躺在那裡呼吸非常的沉重而沉默，但是卻在一片近乎太過疲累的鼻息中傳出了怪聲……有人竟然馬上開始打呼，非常非常誇張地響過全場，一如機械噪音的低沉而轟然那麼地令人髮指地難耐，將老師好意放出最後的冥想音樂的彷若在大自然中的蟲鳴鳥叫的輕輕撫過，風吹草動極細膩的風聲尾端，種種微微的音色底層的迷離，完全地破壞了。但是太疲憊不堪的他就只能躺在那裡，在死寂中，繼續聽著打呼不斷的呼聲，想像那是海潮，忽遠忽近，但是卻完全無力而難以逃離。彷彿所有在場的人們都聽不到了……都不在乎了，甚至都消失了……一如她。

事件

Événement

胡淑雯

事件 E 字母會

十一歲那年，小海做了一件不可告人的事。

那個星期四，輪到五年級遠足，從臺北出發，抵達中部的一座兒童樂園。樂園即將開幕，所有的機器只編了序號，還沒有名字。這是動用了特權的預覽，也是一筆好生意。學校有幾個董事投資了這所樂園，成為股東，將學生分齡分批裝進遊覽車，送進樂園裡。遊覽車形同貨車，就連每個孩子的保險費，也讓某個校董吃下了。

遊覽車轉上高速公路的時候，與一輛載滿豬隻的卡車並肩而行。黎明像裂開的蛋殼，溢出金黃的蛋色，這城市動了動眉心，自不安的睡眠中醒來，一群小學生奔向假日，另一群小豬正要赴死。小海將媽媽為她準備的點心翻出來，深情貪饞地摸一摸，再收進背包裡，又忍不住翻出來再看一遍。昨夜她興奮過頭，失眠了，睜大眼睛吸了整夜的月光，影子醒著，耳朵醒著，臥室的隔間也醒著，父母的煩惱她都聽見了。

小海在樂園裡體驗了生平第一次，三百六十度的，高速倒立循環。這款雲霄飛車必須額外付費，不在門票含括的遊戲項目之內。花錢這種事，對小海來說，是極為陌生的經驗。花錢只為享樂，於她更是一件新奇的事。就算心裡覺得很怪，小海依舊入境隨俗，排隊，入列，買票，上車，跟著同學們上了雲霄。小海並不強求自己「跟大家一樣」，但是她多少害怕自己「跟大家太不一樣」。在小海透明的童心底下，浮盪著灰塵般無用、晦暗的心事。

雲霄飛車一趟九十秒，在那一百二十元買來的九十秒內，強風挾速度迎面撞擊，封住小海的鼻息，令她不得不張嘴吸氣，以免窒息。唾液發狂似地大量泌出，驚險、恐懼，吞嚥不及。強風猛烈晃動下巴，小海無法將嘴巴收乾，只能無可抑止地，任口沫四處飛溢。當男同學將小海的頭臉壓進泳池的水面底下，小海同樣無法呼吸，只好任由他們，將唇舌堵進她的嘴巴。小海知道這是施虐，不是求愛，對方不是一個人，而是好幾個。

小海沒向其他同學問起，搭雲霄飛車的時候應當如何呼吸，如何阻止口沫散溢？因為害怕遭到嘲笑，她決定再坐一次，自己尋找答案。她當然也不會向誰提起，自己的爸爸即將失業，媽媽被倒了會，昨晚他們打了一架，爸爸主張女兒轉讀公立學校，媽媽不肯。小海心想轉學也好，她並不想滯留在這座昂貴的樂園裡面，繼續這浮腫的夢境。

小海掏錢買票，再飛一次，藉高速推翻重力，將時間的重負甩開，尖叫著揮霍不負責任的天真。這一次，她學會怎麼控制下巴了。遊戲終了，小海重新排隊，入列，上車，再玩一局。花錢真是一件痛快的事，而速度是會讓人上癮的。但游泳對她來說，依舊是一團謎。

不知道為什麼，每一個同學好像都會游泳，攜帶了完整的配備。當然，小海也是有泳裝的。旅行前，老師發放的行程表裡，列了水上樂園這個項目，於是媽媽帶她去夜市買了一套比基尼。這身比基尼害她成為一個異物，成熟，俗豔，十足狀況外，觸目而滑稽。同學們穿的都是正統泳裝，名門正派的氣勢，小海心虛地滑入泳池，躲起來，讓透明的池水遮覆不透明的體膚，她站在水梯附近的淺水區，不知道下一步該做什麼。

小海不懂，為什麼他們都不會沉下去呢？有些人戴著充氣臂環，漂浮著。另有一些可以潛入池底再翻身出水。更厲害的還會跳水。小海也是玩過水的，但是，表哥家的充氣泳池，就算注滿了水，也不過膝蓋的深度，只足夠在裡面泡水，打水，潑水，喝水，純然的浪費水，幻想滿池全是汽水。玩水是清涼，是柔軟的大浴缸，玩水不是游泳。也曾在溪溝裡踢水，涉過淺淺的河灘，一邊撈魚一邊烤肉。不是沒有到過海邊，在沙灘上散步吹風，讓海水淹過腳踝，卻從來沒有人教她游泳。母親很忙，父親比母親更忙，重點是，母親不會游泳，她的童年乾燥，沒有人教過她。

小海聽說過，同學們會參加夏令營，許多還是國外的夏令營。所以，是在夏令營學會的嗎？好像，市區裡也有學習游泳的課程。主要是，同學們會去渡假，在配備了泳池的飯店過夜。池畔有救生員，有教練，有充當保姆的工讀生。教練或保姆會教他們閉氣，漂浮，滑水，踢腿。多渡假幾次，自然就會了。啊，原來是這樣的？大概是這樣吧。在自由的泳池裡，小海寸步難行。匱乏，不完整，像個殘障。一個在水裡就不會行進的人，或者，在水裡就只能步行的人。

當頑皮的男生將小海拉下水面，壓進水裡，小海張口吐氣，閉眼不見，任由他們將唇舌堵進她的嘴巴。小海看不見他們，但是她知道，他們都張著眼睛看她。他們有蛙鏡。

那件不可告人的事，發生在遊覽車上，回程的中途。

下午三點半，黃昏還躊躇在遠方，同學們就在老師的催促底下，一叢一叢現身於遊客中心。每個人都戴著一副卡通面具，遮住了自己的面目，唯有小海例外。同學們化身為米老鼠、唐老鴨，或其他各式各樣的卡通人物，換上一張扁平而擴張的、堆滿笑意的臉。唯獨小海頂著一張自己的臉，人的臉。

他們在什麼時候去了哪裡，買了這些東西？為什麼沒有人找我一起？小海感到微微驚慌，一種被排除在外的恐懼。他們一個個都把自己的臉收起來了，小海心想，我該把自己的臉放在哪裡？一旦意識到自己正遭受某種「一致性」的威脅，小海隨即發現自己神色驚惶，趕快擠出微笑，將笑容安裝在自己赤裸的臉上。小海在自己的笑容裡注入品味與距離，假裝自己是個比較成熟的、不需要玩具的小孩。彷彿她之「沒有臉」並不是出自匱缺，而是她自己的決定。誰稀罕哪，小海這麼告訴自己，誰稀罕那些塗滿化學藥劑的卡通面具。

小海在刺目的斜陽裡瞇起眼睛，看不透面具底下——那既被面具誘發，又被面具遮覆的——神祕的惡意，只覺得每一雙眼睛，毫無例外地，全都注視著她。她扭開脖子，望向樂園深處的人造雨林，一邊聽老師宣布著，遊覽車即將出發，上廁所的馬上排隊。

卡通臉一一流向廁所，有的沉默推擠，有的聊天，小海無從分辨誰是誰，無從離析面具底下，一張張有名有姓的臉。但是所有的人都能認出小海，只有她曝露著自己的身分。每個人都得到一張奇怪而有趣的臉，接受某個童話的保護，唯獨小海一人赤裸著，露出一張人的臉。彷彿只有她，唯有她，是那個需要排泄的，動物般的人。

她是唯一的例外。她是妖怪。

黃昏降了下來，小海心裡有鬼，猛然自冗長的隊伍裡抽身，離開了廁所。她不要在眾目睽睽底下，讓自己發出噗噗的排便聲。同時，她心底浮現一種模糊的恐懼：倘若她讓自己滯留到最後，待眾人離開廁所之後再排便，她將趕不上遊覽車，被拋擲在這座郊野的樂園裡。

小海帶著這份受辱的苦澀，回到遊覽車上，等待同學們一一上車。她成了第一個上車報到的人，最乖巧的一個小孩。

幾分鐘的等待過去，所有的人都到齊了。車子一發動，小海的腹腔就冒出一股渴望排泄的收縮。

陣痛，收縮。陣痛，收縮。小海發現自己終將無力阻擋這團奔向人世的羞恥，這臭不可聞的東西。小海捱著，忍耐著，直到整車的同學都睡了，直到他們扯下面具，露出一張張人類的臉——他們終究是充滿安全感的小孩，沒有煩惱也不長心眼，玩累了就睡，率性地信任這個寵壞他們的世界。

小海掃視每一個座位，確認沒有任何一隻眼睛在看她，然後輕手輕腳地，從背包裡清出一個塑膠袋，全程慢動作，不發出任何聲響，像個機器人。前兩排的四個人已經睡著，後兩排的四個也閉著眼睛，小海捏捏鄰座女孩的臉，沒有反應。

感謝夏天，小海穿著短裙。她反身背向自己的座位，在車身與前座的椅背之間，找到一個漂亮的直角，將自己的臀部斜斜置入這幽暗的死角。感謝夏天，感謝短裙，感謝這甜蜜方正的死角（嚴肅正經至荒謬可愛的程度）。小海反手掀起裙子的後襬，讓裙擺順勢搭在前座的椅背上，另一手輕輕捧著塑膠袋，將開口對準該對準的地方，一個無聲的深呼吸，靜靜放出那團忍無可忍的羞恥。

「喂，陳海淑，妳在幹嘛？」後座的男生醒了，將雙手掛在小海的椅背上，面向小海。

「沒幹嘛呀……」小海頂著前座的椅背，握著正落入掌心的一團屎，說，「我在看風景。」

「看風景就看風景，為什麼要站著？」男孩說。

「因為坐著會聞到臭味，」小海淡淡地說，「你沒聞到嗎？」

「對耶，」男孩吸吸鼻子，「是誰呀？好臭。」

「不知道是誰，大概踩到狗屎吧。」小海一邊說，一邊騰出一隻手來，故作悠哉地掩掩鼻子，扯扯頭髮，心裡萬般感念這位同學的家庭，以如此穩當的富裕養出這麼一個，不長心眼的孩子。

為了轉移同學對臭味的專注，小海緩慢而悠然地，將停在髮際的那隻手放下來，將它擺回背後那團發臭的死角，臉上堆出神祕嬌羞的表情，對著那同學說，「喂，你知道有人喜歡你嗎？」兩隻手在塑膠袋的開口處會合，輕巧無聲，把袋口紮起來。

感謝這團整齊清潔的屎。多麼乖巧爭氣的好孩子。不哭不鬧不作聲，體形紮實而完整。夠集中，夠溼潤，易於掌握，很好收拾。跟眼前的同學一樣，是個脾氣不錯的孩子。

「陳海淑，妳吃過鐵板燒嗎？」同學對女孩的事顯然不感興趣。

小海沒有回答。

「御林鐵板燒，妳知道嗎？」同學問。

小海點點頭，「那家鐵板燒很有名，誰不知道啊。」那正是她爸爸上班的地方。

「我小阿姨要去美國的Harvard留學了，明天我們全家要去御林晚餐，歡送她。」

「喔。」小海她爸也曾拎著剩下的冷肉回家，於是小海說，「我也吃過那一家。」

「妳知道什麼是Harvard嗎？」

「啊？」

「Harvard MBA，」同學開了頭，不再繼續往下說，等待令他滿意的回應。

小海聳聳肩。

「不知道就不知道嘛，是哈佛商學院，妳剛剛為什麼不問？」同學轉回話題繼續說，「御林快要關了，妳知道嗎？」

「為什麼？」小海皺起眉心。

「因為老先生死了啊，家產擺不平，兄弟鬧不合，乾脆不做了。」

「有幾個兄弟啊？」小海問。

「我忘了，電視新聞都有報啊，」同學說，「總之，餐廳的分紅跟經營權都擺不平，決定收掉了。」

「那麼好的餐廳不做了，多可惜……」小海的眼睛暗了下來。

「反正他們沒差，我們也沒差，」同學說，「還有很多好餐廳啊，吃都吃不完。」

再閒聊幾句過後，話題乾了，同學反身回座，繼續翻他的漫畫。小海捧著身後那團髒東西，緩緩蹲下，將其輕輕置放於無聲之處，在假裝整理裙襬的同時，把內褲拉上來。接著又清出另一個點心袋，將那團穢物層層包裹起來，再將它朝前座踢得遠遠的。

當小海總算放鬆下來，窗外的天色正無限輝煌，小海望著彩色的天空與漸起的路燈，竟感到有點捨不得。為什麼人會捨不得那些，她並不享受的事情呢？

小海爬上自己的座位，趴在椅背上，叫喚後座的那個同學：喂，御林關了以後，那些服務生、洗碗工、泊車員，該怎麼辦呢？

誰知道啊，再去找新的工作吧。同學心不在焉地說，妳問這個幹嘛？

小海退回自己的座位，退回沉默裡，體會自己習得的這份孤獨。在對人的懼怕之中，成為人。在他人的生活之外，成為人。她打開自己的背包，取出捨不得拆封的巧克力，但巧克力已經融化了，流出一身的汗。她想起今天透早出門時，遇見的第一個人——她家對面那個賣魚的、輟學的大哥哥——後悔在意氣風發出門遠遊的時候，無端取笑了他，「林水池，你去改名字啦，不然一輩子都只能蹲在水池邊殺魚喲！」

假期結束了，小海很想哭一哭，於是動手替自己畫了一張面具，然而，礙於想像力與技巧的局限，沒畫幾筆就放下了。她覺得睏了，渴望在面具的遮覆底下，好好睡一覺，便隨手戴上這張未完成的面具，將自己變成一個，沒有臉的妖。

事件

Événement

黃崇凱

事件

E

字母會

月球第一座萬善爺廟開壇前，黑松思考著怎麼把萬善爺信仰推廣到宇宙深處。好多年前，人類從探索太陽系的過程中，逐漸獲得航向浩瀚太空的能力，滿天神佛的宗教信仰隨之流布到更大尺度的宇宙空間。黑松一向喜歡建築師王大閎設計的登月紀念碑。據說當年要不是美國與中華民國斷交，這座宛若合掌伸向天際的雅緻豐碑，將會矗立在美國德州的航太大城休士頓郊外。黑松想像自己在紀念碑設計圖中，想像從兩座並排的碑塔中間擡頭看夾得窄窄的一線天空，想像渺小的自己在這座廣闊星球中，望向無垠的外太空，興起一股要把家裡的廟帶到另一顆星球的志氣。

黑松腦中浮現的是一幅星際跨度的宮廟交陪。一如古早之前的臺灣，各地區的宮廟彼此交陪，算好時辰，糾集信眾，敲鑼打鼓，花車齊鳴，在進香遶境間培養情誼。神明們從虛實交雜的傳說中轉生成神，祂們穿越時光，澤被廣眾，一層層疊加人們的信仰。黑松檢閱歷史，關公、媽祖或王爺信仰皆是經過長期積累的人為編造，加以組織化，才有今時規模。黑松家裡的萬善爺廟，最初來自祖先生活的雲嘉南沿海一帶。據傳十七世紀中葉，某一姓名不可考的牧童，曾在南鯤鯓一處修行悟道，坐化登仙，俗稱囝仔公。後來囝仔公漸被尊為萬善爺。最知名的萬善爺祠坐落在南鯤鯓代天府後方。傳說當初囝仔公和代天府奉祀主神五府千歲為了宮廟選址大動干戈，雙方派出神鬼兵將交鋒不休，最終由觀音大士出面調停，才成了雙併鄰居之勢。十八世紀中葉，海嘯襲來，大浪淹捲島嶼西半部，尤以雲林沿海最為慘重，彼時有一善心人士獨力拯救二十三個孩童，力竭沒頂。倖存者咸認是萬善爺顯靈，洪水退去，至南鯤鯓擲筊，造了萬善爺金身，另立多處分祠奉祀。二十一世紀最初十多年，萬善爺信仰幾經起落，其中一尊神像輾轉被黑松的祖父接至家中設壇供奉。祖父靠起乩作法收驚養家，生育兩男三女，本以為無人接手，將要關掉萬善爺分號，不想全部出外討生活的子女在同一夜入了萬善爺的夢。或者該說，萬善爺召開了多方立體聲影虛擬實境會議。黑松記得他爸這麼描述：

那感覺齁，親像阮做伙進了KTV包廂，難得兄弟姊妹攏在，唱歌飲酒，桌上擺著滷味拼盤、澎大海、喉糖、三公升啤酒桶、冰塊盒，你三姑那首〈追追追〉還在追。眾人歡喜熱鬧，我雄雄想到自己是否在眠夢，轉頭跟身邊的大伯說，怪奇，我怎沒印象參大家來唱歌，顛倒記得躺在眠床睏去，淡薄仔冷，概好睏。你大伯說，我唯一的印象是目睭蓋起之前，看到恁這些弟弟妹妹來。我驚一跳，你大伯早幾年過身囉，我搖搖身邊你大姑和二姑，伊們看看我，看看你大伯，摸摸我，摸摸你大伯，兩個查某細聲說話，對我說，阿兄整欉好好哪，敢若在世時哪。我摸摸你大伯的手，溫溫熱熱，不像死人。你大伯對阮說，哎呀，不壞，擱會使跟恁們做陣唱歌，阿英啊，幫我點首伍佰的〈你是我的花朵〉。你大伯就那樣大聲唱起來喔，阮就在旁拍噗仔。突然間，一陣敲門聲，推門進來的是個阿弟仔，大概讀國小五年那形，說話囝仔聲，尖尖幼幼那款。伊入門就說，我也欲唱，抓了麥克風，跟你大伯又唱又跳花朵舞，令我想起我細漢時候一個叫作方順吉的查埔囝仔，蓋勢唱哪。唱煞，伊說，來，大家開會，包廂有限時，緊把代誌討論過，稍等再唱。伊拉過垃圾桶，翻轉，開口朝下，坐上，發出中氣十足話語：吾乃囝仔公，汝等真足聽。有點像阮小時聽的布袋戲口音，echo有點重，會牽絲。囝仔公大意交代阮，做伙返回厝內，準備接班。伊說，你阿公一世人頂真努力，要收他在身邊辦事，阮幾個子女飼小，學好工夫，以後就是阮來奉祀囝仔公，協助推廣信徒事業。

伊說，你三個姑姑輪流起乩，我擔當桌頭配合，拍拚做，用心服務，信眾自然來。我回，囝仔公的意思阮了解，不過阮大兄為何也出現？伊說，恁大兄尚未轉世投胎，閒閒，揪伊做伙來唱歌。大兄說，對啦，另外需要恁燒些庫銀來花用。你大姑說，對呀毋對，阮每年固定燒給阿兄沒百萬也有千萬，還不夠開？你大伯歹勢笑笑，我有人奉待，真多好兄弟沒人理。而且近來大家罕燒紙錢了，重環保，陰間庫銀緊縮，那美國人賈柏斯來沒幾年，推行Pineapple Pay，攏用電子錢包扣，沒注意，一下子就口袋空空了。我想起你大伯，在世時就是慷慨，四處幫朋友，有錢出錢，沒錢出力。伊講伊是gay，大家攏是同志，大家幫忙相挺，互相啦。後來阮繼續唱歌，直到醒來，反倒感覺清醒後的世界才是虛幻。接著就接到你三個姑姑的訊息。她們各自安排好家內事，就回到後頭厝，和我鬥陣接你阿公的萬善爺廟。三個月後某日，你阿公沒起床吃早餐，阮就知影是囝仔公收去放身邊了。

黑松記得跟媽媽一同回到老家參加阿公的告別式。他爸媽討論許久，一方是說奉神明旨意回鄉服務，一方是說兒子回這種鄉下地方日後怎麼有本錢競爭，沒法上才藝班，沒得補習，功課怎麼跟得上都市小孩。他爸說，怎麼對自己小孩沒信心，像我讀到大學畢業有啥用，還不是在科技公司廠房當設備工程師，不過是無塵室的維修工人，每日on call，進出公司要過金屬感應門被當賊同款防備，我賺錢養家心甘情願，但你有沒想過我沒時間跟你們相處，就連帶兒子去球場看比賽都要排班換時間。他媽說，這是你的工作，沒辦法。回這古厝，是要怎麼生活，還要跟你三個姊姊一起住，一點私人空間都沒有。黑松聽他們吵，心裡倒覺得回鄉下不錯，三合院寬敞又陰涼，門口埕外就是鄰居的田地，人少，車少，晚上看得見星星。媽媽強勢，非要把他帶在身邊，阿公葬禮後，他們回到城市生活，週末回鄉下跟父親、姑姑們相聚。如此一年，到了黑松小學畢業的夏天，媽媽安排好讓他上私立中學，先修輔導課把暑假吃得短短的，黑松一面煩惱著小雞雞長鬍子，一面對天天滿檔的課程感到無奈。好不容易在開學前的假期回到鄉下，一人騎腳踏車在附近閒逛。萬善爺廟蓋得跟老家三合院成直角，三個姑姑晨起打掃灑水，上香，飯後就到附近的田地工作，水稻和番薯輪作，主攻臺農57號黃金地瓜。他爸則是跟鄰村人租了魚塭，放養蛤仔，每日晨午到魚塭灑飼料，觀察池中分層養殖的虱目魚、草蝦和水草的發育狀況，逐日記錄數據資料。黑松喜歡待在老屋，夏日午後在房間午睡，電扇風像無形手，按摩每個毛孔，似乎交融在整間房屋的通體涼爽中。那幾天，黑松早上都到壇前祈禱，希望爸媽和好，最好能夠一起生活。

收假前的早餐時分，媽媽開車來接，黑松本來打包好，準備回城面對即將展開的國中生涯。只見媽媽氣沖沖下了車，拉了爸爸關進房間，不知要談什麼。三個姑姑說，別理他們，吃飯。他夾著大姑採的燙地瓜葉、煎的荷包蛋，配二姑燒的瓜仔肉，喝三姑煮的地瓜粥，呼嚕嚕喝了三碗，姑姑們開心，說正在轉大漢，熱量消耗多，多吃點喔。飯後，黑松跟三個姑姑玩起四色牌，姑姑們一人一句邊玩邊講解規則（他始終搞不清處怎麼湊十胡），穿插幾句練痟話。他爸媽出來時，突然靜了。黑松的媽媽拉著他到三合院外頭亭仔腳，坐在長板凳上，認真問他是否真的想留在這裡跟爸爸住。黑松看看媽媽，轉頭看看紗門透出爸爸和姑姑們的剪影。他問媽媽，不能一起嗎？媽媽回答，有點困難。不然這樣，我們一起去問萬善爺，聽聽祂的意見。黑松跟媽媽走到壇前，點兩炷香，合掌鞠躬。媽媽說，我擲筊問囉。連丟十次都是聖杯。媽媽嘆氣，看，萬善爺也希望你留下來，媽媽真的沒辦法了。

媽媽從車上拿出黑松的生活雜物，一些書冊，說隔天爸爸會帶他去辦理轉學。爸爸後來跟他說，囝仔公昨夜來過，跟爸媽一起談了。黑松困惑。爸爸說，昨晚睡夢中，回到頂擺跟你講過的KTV包廂，只有我跟你媽。空調有點冷，你媽點了徐佳瑩的〈身騎白馬〉，唱得哀怨，然後囝仔公推門進來，坐在我身邊拍噗仔、抖腳。等你媽看著伊，空蕩的伴奏沒有隨歌詞填上。伊一開嘴的布袋戲音效，嚇到你媽。囝仔公說明身分後，說汝不太會說臺語，我們就說國語。其實講日語、英語也會通。囝仔公說，我知你們夫妻為了孩子的教育有點冷戰。媽媽說，啊哈，你這小鬼，是不是他叫你來裝神弄鬼的？他給你多少，我給你double。囝仔公笑了笑，你不覺得身體很輕，好像快要浮起來嗎？他爸說，那個時候，你媽真的就慢慢飄起來耶，她驚訝得說不出話來。囝仔公還繞英文，take easy。你媽怒吼，揮著雙手說，放我下來、放我下來！囝仔公回，又沒人綁你，你要下來就自己下來，calm down。

黑松的爸爸說，總之就是囝仔公要說服你媽，讓你留在這邊跟我們一起住。你媽透早跟我辯好久，我跟她說，為什麼昨晚一起談過了，還要再來一次。黑松的媽媽就是不信，非要驗證囝仔公說的，非得見到連十次聖杯才相信。黑松聽爸爸說完，猜想著那間囝仔公的包廂究竟長什麼樣。爸爸跟他說，免著急，毋定確你今晚就被囝仔公約談了喔。

可是黑松一直到高中畢業，沒夢過囝仔公，當然沒機會進入那間爸爸、媽媽、姑姑們都體驗過的包廂。爸爸安慰說，可能是體質的關係，可能是時機未到，囝仔公要處理的事很多，緣分來了就知影。黑松整個青少年成長過程，見識三個姑姑輪流起乩，爸爸坐在壇前，有時口譯姑姑的喃喃低語，有時筆譯姑姑的鬼畫符，翻譯著另個世界的訊息，令來者得到解惑、詮釋的慰藉。黑松一直覺得起乩神祕，如果是萬善爺起駕附身，祂如何跟姑姑們的靈魂溝通？還是說，這有點像是遠端操控，萬善爺其實是一靈界駭客，姑姑們只是作為一個接收和表達的介面，展示幽邃訊號給眾人？

黑松某次試探著問爸爸，不想他爸老實說，哪有每次都能起乩的，沒遮好康。神沒閒，只好人來配。爸爸說，其實哪，足多問題攏是人自己造成，只好幫忙用旁觀者的眼光來解決。孔老師有講過吧，「未能事人，焉能事鬼？」、「未知生，焉知死？」對否，拿來說我們這途的也是如此。你想，會來求神問卜的人是什麼狀況？就是心內迷惘、茫然，不知如何是好的人。大部分時，我就是陪伊們，聽伊們訴說心內話，觀察伊們的心思。之前有次，不是有個阿婆來問事，主要想探聽伊後生的姻緣，怎麼年過四十還不結婚生子。伊後生惦惦跟在後頭，不說話。我看就知影伊不知後生的性向，我就跟他們閒聊，三兩下想好怎樣解說。你可以說我騙人，但有時候，人只是需要一個說法、一個解釋，接受一些事實。某程度，咱遮也是告解室、心理科診所，看一回收紅包五百，算意思意思。而且這些收入都入萬善爺推廣基金，我們自己的生活自己賺，不用這邊的油香。

黑松的媽媽固定週末來看他，久了，逐漸接受他們父子的生活狀態。

黑松覺得媽媽在鄉下變得比較輕鬆，情緒和緩，好像什麼事都可以商量，關係不像以前在城裡那麼緊繃。有時媽媽談到多筆保單，就帶他進城看電影、吃大餐。有時三個姑姑的家人也來，整座三合院就熱鬧了，表兄弟姊妹常常起火烤肉，到旁邊挖坑焢土窯。黑松不知道囝仔公為了說服他媽，曾連續一個月入夢，有時還帶上他阿公作陪。媽媽漸漸轉移區域，變成多半在三合院，有事才到城裡。她甚至跟姑姑們學會了玩四色牌，臺語說得更輪轉，談下不少筆附近村莊的保單。

萬善爺每年農曆八月二十四日聖誕，黑松所在的沿海各村都舉辦慶典，家家辦桌，出外的親人皆返鄉同慶。這段時間他的爸爸和姑姑們最忙，要跟各地萬善爺分號聯絡感情，商討祭典，安排歌仔戲、布袋戲登臺演出，處理信眾來訪的交通、接待問題等等。有一年，囝仔公託夢全臺分壇，邀請各分壇組織《英雄聯盟》的電競隊伍來場千秋友誼賽，做為當年祭典的重頭戲。各地萬善爺廟前搭起大布幕，投影出激烈的交戰畫面。平日不打電動的黑松，還找同學到家裡教學，因為技術太差，只好讓同學們當槍手代打。同學們紛紛訝異原來神明也會叫人打電動。後來幾年都由囝仔公入夢指示當年度誕辰節慶的電玩遊戲，信眾漸漸多了不少年輕人，各級學校、社區開始有些小型的社團活動，接著全島大串連，形成一支頗為堅實的民間信仰。

黑松身在其中，渾然沒意識到這些，中學六年，日日只是上學放學，有機會就跟爸爸、姑姑們到各地宮廟進香交陪。黑松不繼續升學的決定讓媽媽有點受傷，她總覺得兒子還有很多可能的未來，為什麼甘願待在鄉下，守著一間小廟、一池魚塭和一塊田。媽媽無奈對著父子說，算了，如果你們歡喜甘願，就隨便。媽媽沒發現的是，其實黑松常常從學校閱覽室和公共圖書館借書回家，沒有系統亂讀，倒也累積了不少知識。他知道地球暖化和海平面上升的巨大危機。當時的海洋升溫，陸地冰層持續大量融化，導致在二一〇〇年時，地球的海平面可能上升一至兩公尺。那時美國的紐約、邁阿密，中國的廣州、上海，印度的加爾各答等大城市都會被淹沒。臺灣西部沿海的鄉鎮也都會消失。黑松昏昏想著若活到那個年代，這些他親愛的家人多半都消失了，可能連他所在的這座三合院和萬善爺廟都沉沒在海水底下，靜靜泡在漫長的時間之甕，成為記憶殘骸。

黑松如魚游水，深潛到透著光束的古宅，穿過家門，游進廟口，卻見到萬善爺金身位置蹲著一個男孩。他伸手拉過男孩，一同上升，在踢腿的過程中，有股吸力牽引他們快速突破水面，直衝上天。他們像一顆逆向飛奔的流星，越過大氣層，朝著月球高速突進，耳邊陣陣音爆。黑松意識到自己在夢中。男孩說，對啦，我們先到以後的月面第一號分壇預定地看看。

許多年後，黑松將會回想畢生唯一的萬善爺之夢，深深感到不可思議。他沒有進到那個好多人去過的包廂，但萬善爺似乎交付給他更重要的任務，一同飛向太空。黑松猜想自己可能是眾多信徒中，最沒靈感之人。那僅僅發生過一次的預知夢，似乎要在未來不斷考驗、測試他能否以全部生命來證明，信仰的虔誠可以達到什麼境界；而信仰的邊界可以寬廣到什麼程度。

黑松在那個夏日午後醒來，到亭仔腳下正在納涼玩四色牌的爸爸和三個姑姑旁邊，說了這個夢。他爸說，那要記得把我的骨灰寄在月球的萬善爺廟嘿，恁爸在世無法度出地球，死也要出去看看。

事件

Événement

黃錦樹

酉找到那輛遺失多年的腳踏車，半埋在土裡，就在墓園外一座小土坡。換個角度看，是從土裡長出來。亂草纏著，要扶起來很困難，好似在與草爭奪，只好放棄。反正已毀了。不用說，全鏽了，有的部分還溶蝕了（譬如車把手），腳踏車鍊不止僵了，還斷了。輪子簡直肚破腸流，橡膠老化皸裂，輪軌也扭曲變形了，絲毫看不出它曾經有著豔麗的棗紅色。只有鈴鐺勉強發出聲音，但嘶啞難聽。其實在失竊前它就已經相當老舊了，褪色了不說，還渾身響，車鈴卻只剩下個底殼，盛了半抔土。

當然早就用不著它了，在那之後不久，酉就有了一輛深藍色的腳踏車。時時踏著它上坡下坡，探索新的世界。

他對母親說，腳踏車找到了。她半醒半睡地嗯了一聲。沒說出口例行的話大概是「自己到廚房找吃的」。幫忙做飯的阿姨照常上班，只是飯菜減量。於是他後面的一句話（「我又撿到兩顆『未爆彈』。」）也嚥了嚥口水吞了回去。她靠坐在偌大的藤椅上，閉著眼。午後了，兀自穿著寬大的睡袍，裡頭隱約露出白皙鼓脹的胸乳。右手四指穩穩地托著玻璃酒杯的腹部，剩下三分之一的酒茶色明亮，微微地發著光。橘色條紋大肥貓在椅子下方爛睡。托起她的手掌，西小心地把酒杯移走，只見她唇齒間微微顫動，沒醒來，手一垂，鼾聲大作。父親離開後她就常常這樣，好似陷入深深的沉睡期，有時一天的大部分時間都躺在她的紅木眠床上，好像根本就沒有起來過。

西並沒有告訴她（看她那個樣子，也沒必要了），他又到紀念碑那兒去蹓躂了。那真是個巨碑啊，兩層樓高，完整的一塊花崗岩，一輛巴士站起來那樣，像一堵牆。碑首浮雕著九條互相纏繞打了結似的龍，張牙舞爪。碑上刻了許多字，每個都有西的頭大，據說是什麼名人康聖人用掃把刷出來的。碑後的那棵巴西堅果樹（鄉人俗稱炮彈果），據說樹苗可是直接從巴西進口的，和橡膠樹的移植差不多同時。很難想像它曾經是株小樹，成長在巨碑的蔭影裡。還好當年的植樹者有遠見，給它預留了足夠的成長空間。如今至少有百尺高了，樹梢有時還會泡在雲裡。為了怕被雷擊，舅舅請了人在上頭綁了好些避雷針。主幹五六抱，板根四下爬，幹體緊貼著碑，接觸的部分微微嵌入，推擠得樹皮略顯鼓脹崩裂。宛如它在當它的靠背，庇護它。

它的南方是一座小土地公廟，香火不斷，俯視萬千尋常人家的墳塚。這株雨林的怪物，枝幹張開，可以蔭蔽大半個墓園。遠遠看去像棵燃燒的綠樹。由此也可見出墓地的肥沃。

樹下有個希臘神廟式的涼亭。

他為何喜歡到那兒玩？涼快啊。

再怎麼大太陽樹下都是蔭涼的，大雨到了樹下也會變成小雨。小雨化為雲霧（只是果實成熟的季節最好遠離它：炮彈般的果實，威力絕對超過椰子，因為樹高，砸下來的威力甚至超過榴槤。為此立了三種語言的紅色警告標誌：小心落果）；而且樹上總是有許多腹毛橘紅色的松鼠，跳躍上下，追逐著。大約不下百隻，以樹為家，彷彿好多代住在一起。有松鼠就有老鷹盤旋，在更高的雲端。有時成群的獼猴造訪，在果實成熟的季節。

但牠們對付不了如此堅硬的外殼，摘了浪擲而已。偶有雄雉高飛到樹梢，炫耀牠五色彩羽鳳也似的長尾，發出清亮的小型雞的啼聲，是意圖誘騙附近覓食的母雞吧。旱季時一樹奶黃色小花，樹頂上一窩蜂。那也是最安全的時刻，可以在樹下快意午睡。

樹下左右各用石頭砌了一排長長的駁崁，椅子的高度，可臥可坐。雖然有時不免會有枯枝、蠍子或青蛇從樹上摔下來。

但即便是巴西堅果，摔中巨碑或墳龜，也只有自爆的分。

巨碑前就是祖父的龜殼墓了。以碑為靠背。那是請福州工匠精心製作的，墓的外型拱起確如烏龜殼，一塊塊不規則鍋子大小的鐵丸石火成岩，金銀銅鐵混合溶液黏合，據說耐得住任何重擊。傳聞裡頭的棺槨甚至不是用木料，而是以一米厚的生鐵鑄成，承受得住第三次世界大戰的炮火。不知是為了保護他的屍骨（因生前造孽、樹敵太多），以防被盜，還是防止他再度從墳墓裡跑出來。

整座墳有一尾青銅雕龍圍繞，烏龜殼前方立起一座四面錐形（削尖的鉛筆頭一般）的黑色石碑（俗稱烏龜頭），上書他的名字：顯考檮杌公之墓。

墓前有近公里長的神道，各立一排石像生。左右分別列著十二對石獸，兩坐兩立，除了十二生肖中的龍、虎、牛、蛇、馬、雞、猴之外，又有獅、象、獏、魚、麒麟。石人十二尊，為首的是杵著大刀的關公、兩尊門神，再次為孫悟空、二郎神、哪吒、武松、四尊佛像、一尊觀音。均三倍於真人大小，腳下有尺高石座。它們的身後，倒是各種了一排椰子樹，本地風光。空地都長著芒草。

據說這一切都是他生前的設計，因為官方一直有意見（殖民政府，及所在地的蘇丹，直言是僭越），規模因此大大地縮水了，設計圖也經過多次修改。據悉原先的規模，「大得不可思議，好比是帝王的陵寢。」父親說。原本的規畫是私人的陵園，但本地平民向無此例，不許私設墓園。只好把墓地後半部大片山坡（以大樹為界）劃出做為華人義山，分割成小塊小塊廉價賣給一般人家，部分捐給無主孤魂。二次大戰結束後，東南方那一片地遷埋了數千具被日本人屠殺了草草埋在河邊的受害者，還立了座刻滿死難者名字的抗日紀念碑。

一尾長長的青蛇滑過墓旁草間，鑽進石縫前回頭朝著他吐一吐細長的舌頭。

雲遊四方的大舅二舅每年清明一定回來掃墓，總要說，回來看看才安心。礙於官方的規定，它必須做為公園向民眾開放，雖然遊客並不多，但偶爾會有小孩來看松鼠、撿堅果，玩捉迷藏。退休老人來緬懷往事，專家學者來考察史蹟。但他家請了守墓人老辜看守，他除了掃落葉、修剪花木、除草、修補任何的破洞之外，就是避免任何人破壞，尤其是驅除白粉仔。

因學校放假，家裡靜悄悄空蕩蕩，酉常纏著他說故事。之前一天，他講完封神榜，即為酉開講西遊記，剛講到孫悟空被壓在五指山下五百年。如果那天他在，孫悟空應該就可以從五指山下被放出來了。但他竟然不在。

很少發生那樣的事。酉到墓旁他家小屋去，幸大嬸說他理髮去了。

難得沒人，酉就不客氣地在墓四周插著的獸型銅劍柄上撒尿了。不過也只淋溼了六、七把，尿就不夠了。這種事當然不能說。

酉還應該告訴母親，他看到一隻大公雞，頂著大紅冠，瞎了一隻右眼，但依然神氣。牠不停歇地左傾著前半身追逐母雞，予以踐踏。

是的，鄰近人家養的雞，常會跑到墓園來找蟲吃。

因此有時在草叢裡撿到溫溫的雞蛋也不稀奇。

然而那是多少年前的事了。空盪盪的大廳，門窗邊油褐色地板反射著光，陽光照不到的地方透出一股莫名的涼意。一隻貓和一個女人粗重的呼吸聲平穩地交錯著，流光一寸一寸地往內移。外頭的日光刺目，綠葉好似都灼傷了，每個人都被隔絕在自己的生活裡。遠處依稀有賣冰淇淋的三輪車的鈴鐺，雞啼狗吠，花開葉落，池畔蛙鳴。雖然有聲音，但仍感覺到世界的深處是靜悄悄的。一種冰一般的寂靜。如此多人同時活著的這世界，不知道其他人各自在做什麼，在他們自己的時間裡。有人在痛苦中死去，有人掙扎著穿過逼仄的產道——生命之門來到人間。在沒有交集的此刻。驀然覺得一陣驚恐，搖椅上一動也不動的母親，莫不是已經死在她自己的時間裡了，就如同琥珀裡的昆蟲，放遠浸泡在酒色金黃裡。

那天躺在墓龜旁，前所未有的，酉突然發現自己胯下某個部位鼓脹著，異常堅挺，脹痛，伴隨著一種怪異的感覺，被褲子包覆得非常難受。什麼東西甦醒了。抖動著，好像要衝了出來，急於去探索屬於它的世界。一種怪異的舒服的感覺，酉知道有什麼東西要衝出來了。當他匆忙拉下褲子，白色的汁液就越過褲頭，噴湧在墓龜上。酉也不知道那會造成那麼大的風波。

原以為如同長鬍子長毛，不過是些不值一提的小事。

在種籽噴灑後的疲憊倦睏中，酉彷彿看到有一僧一道披著一紅一綠的袍子，緩緩掠過樹影光斑，自矮牆外的小路上，踩著落葉而來。驚起在小路中央覓食的那群母雞和小雞。酉正想大聲叫喊：「舅舅——」但只一瞬，人影就消失不見了。那隻大公雞歪斜地奔跑過去。

又一個熱奄奄的午後。

酉在午睡，正夢到雲間隱隱神兵神將竊竊私語。

「聽說阿弟要回來了？」突然不知道從哪裡傳來母親清晰的聲音。她什麼時候變得那麼精神？是在夢裡嗎？

小舅哪。

小舅多年前渡海到婆羅洲去了，從此音訊全無。據說跟一個風騷無比的獵頭族女人跑進大森林，也許斷髮紋身入了番。

從小閣樓地板上醒來，身體微微汗溼。聲音是從樓下傳來的，顯然不是對酉說的。

那個大到可以開百人舞會的客廳，與及一干價值不菲的陳設、家具，均已隨家族財富的縮減而逐步耗散殆盡，如今只剩下這空闊的木板屋閣樓。那個好似醃泡在琥珀裡的母親，突然恢復了活力。有一些說話的聲音。有腳步聲。進到樓下的一個房間裡。酉聽到門用力關上的聲音。但他們不知道，他聽得到他們的聲音，只需打耳朵貼著梁柱。那百年老樹的屍骸會把話語傳給他。只要他想聽。

「今天召集各位，是因為陵墓那裡出了狀況。」一個刺耳的聲音，語氣相當凝重，好似槌子敲擊著釘子。是慈雲山住持，那出了家的大舅。沒有人告知他，他們回來了。也沒有要他去請安。

「鎮住陵墓、依八封方位打進去的那六十四根七尺銅釘都有鬆動、往上退出的跡象，好像墓裡頭有什麼強大的力量在蠢動。昨天才三寸，今早去看已退到六寸，可能不久就會退出來。」

「不會是又要復活了吧。」是母親發抖的聲音。

「不可能！那年是用鐵漿整個的淋上，幾千度的高熱，不止連骨頭都被燒化，還被生鐵黏成塊……」是二舅。聲音難掩恐懼。

「可是你別忘了，在過去的歷史裡，他不知道復活了多少次！水葬、火葬、土葬都死不去。」聲音彷彿發自甕的深處。

「先別慌張。上一次的處置，至少把他鎮住一百年。」

接下來請守墓人辜老報告，最近墓園有沒有什麼奇怪的人走動。

那衰老的聲音結結巴巴，報告說，自太老爺的墓鑄造至今，幾十年來無異狀。太老爺幾百年前從南美洲帶回來的巴西堅果今年倒是結得特別多，撿了幾百公斤賣給附近賣榴槤的小販。那地方陰沉沉，沒什麼人喜歡去。還有，最近學校放假西少爺常到墓園去玩，在那裡騎腳踏車，找蘑菇，消磨大半天，有時還在那裡睡午覺。

「他還有做什麼事嗎？」一個聲音嚴厲的訊問。

「小少爺喜歡聽故事，喜歡纏著小的問東問西，問墓怎麼來的，那棵樹怎麼來的之類的。但小的只敢和他說些三俠五義、水滸西遊，太老爺的事可是一個字都不敢提。」

「怎麼有幾把銅釘的柄上好像有一股尿騷味？」

「也許……是野狗？貓狗小鳥是常有的，也沒法管。」老頭囁囁地說。

這時，酉覺得背上一涼。屋裡幾代養下來的那尾蟒蛇喚作白娘子的，長長的身體緊貼著他的身體，涼颼颼地掠了過去。一陣子不見，牠似乎長得更長了。牠輕輕地纏上來，繞了一圈，又沿著桅梁伸向暗處。那撫觸令酉心底一陣酥麻，忍不住發出微微的呻吟。

一陣爭論之後（有人擔心，解除封印會不會正中那妖怪下懷，如果真的復活了的話；但也有人說，看樣子那銅釘的封印之力已逐漸消失，眼看將被一寸寸逼出，一旦全數被逼出，一樣困不住他），彷彿聽到他們決議說要擇吉日冒險開墳檢視。酉在蛇的撫弄中露出迷醉的神色，心底深處發出古老嘶啞的聲音好似千年沼澤深處浮起的，一簇簇細微的氣泡。

這時戶外隱隱有風雷之聲，幾聲輕微的爆裂，光舌一閃；而後是一聲巨響，整棟屋子都被震得離地數寸，再重重摔下，幾乎就要散架了。樓下的人一陣騷動。「是天打雷劈！師父——」有人驚呼。於是暴雨驚雷一陣又一陣，狂風呼號著，自西徂東，自東擊西，嗚嗚嗚嗚地好似古老神祇的悲鳴，繞著屋子盤旋。屋頂宛如被那雨聲壓得低低的，幾乎快跟地板貼在一塊了。屋裡突然暗了下來。停電了。只有戶外一閃一閃的爆亮，光的末梢伸了進來。僕人點起煤油燈，燈火搖曳，樓下的人個個神情肅穆，在那燈火裡，每張臉都像是被恐懼擄獲的青銅雕像。就那樣驚爆了一整個夜晚。

次日方破曉，酉在母親暖暖的被窩裡就聽到遠處傳來驚恐的呼叫：「墳墓破開了。」母親一掀開被即彈起，披了件外衣隨著推門出去。酉搓揉著惺忪的雙眼，也翻身下床，穿了鞋跟了上去。那輛失而復得的腳踏車還不能用，只好快步走，遠遠跟在那群往墓園去的人後頭。

很快就到那裡。遠遠地就瞧見那棵百年老樹光禿禿的，所有葉子都掉光了，枯枝敗葉散布得很廣。在外頭的小路上，遠遠地就看到破碎的葉片，還有彈得到處都是的綠果，泰半都迸裂了。

瞧見大人們慌慌張張地快速移動的身影，酉奔跑著趕上，牽起母親的手。「回去！」母親臉色鐵青地用力想把他甩開，但酉緊緊地把它抓著。「算了，」一旁一個高瘦長臉蓄著八字鬚、一身高領黑袍、神情肅穆的青年說道，「他遲早也要面對的。這是我們都沒法逃避的遺產。」

「小舅？」酉輕聲問道。「真的是你？你真的回來了？」

「雞啼破曉前趕到的。」那人說。

那男子從母親那裡牽過酉的手。他的手大大冷冷粗粗涇涇的，像四腳蛇的背。小舅看來心情不錯，迥異於其他人之憂心忡忡。也許酉記得他這件事，對他來說非常重要。「你還記得我？你剛學會站，我就離開了。」

說著到了墓園。整個墓龜都被炸開了，像一朵盛放的大王花那樣，一瓣瓣的環形展開；果然七尺銅釘不知全都被什麼力量拔出了，和殘枝落葉混在一塊。一僧一道臉色十分難看。

那堵墓龜的碑牆竟兀自樹立著，只是牆上多了些什麼——似乎是一幅畫。

「師父！」二舅大聲驚呼。

一個穿著大紅袍子的人像，白髮長髯，身體維持著飄浮在半空中的姿態，衣袂飄飄。一手持劍，劍尖微微朝上；一手拈指向下，神情自在。二舅的呼嚎聲驚動了旁人，怎麼多了這麼一幅畫呢。仔細看，竟似是一整個人活生生地被一股莫明的力量打成一個平面，嵌進石壁裡。肉體竟沒有被打爛打爆——只是失去了厚度。從那自在的表情來看，他似乎並沒有察覺自己變成了一幅壁畫。

「師父法力高強——」二舅泣不成聲，「那一手降妖伏魔的天打雷劈——想不到——怎麼辦！」

再看那墓室。

和祖父的屍身澆灌在一塊的鐵鑄的棺木也被炸得像開了一朵朵鐵花，趨前時，大舅連從雷峰塔借來的「法海之缽」都鄭而重之地掏出來了。他嘴裡念念有詞的是法語，把手上的金剛杵遞給了小舅。二舅忿忿地拔出了降妖伏魔的龍泉劍，光鋒冷冽，他嘴裡喃喃念著急急如律令。小舅掏出的竟是一本小開本的希伯來文本《聖經》，和從衣襟裡掏出綴滿寶石的黃金十字架，嘴裡念念有詞的是拉丁語。但酉不認得《聖經》封面那些字，只注意到那本書很厚，非常舊，而且有一股很重的羊騷味。

酉這才發現母親也緊緊挨著小舅，抓著他的另一隻手臂，臉煞白，身體有點在發抖。

棺木像是開了數百朵大大小小銀色的鐵花，也是一瓣瓣環狀展開，每一瓣都捲了個標準的弧度。那被不明的力量鑿開的盃狀的小洞裡，倒是蓄了滿杯的水。他們仔細地撿走覆蓋在上頭的斷枝碎葉，專注得好似在尋找什麼。龍泉劍在匣裡錚錚作響，「法海之缽」嗡嗡叫個不停，金剛杵兀自抖顫。但他們除了些微的鐵屑什麼也沒找到。「就是嘛，」有人說，「屍身早就被千度的鐵漿化成了灰，哪可能找到什麼。」有少許灰色的碎屑，有人帶了磁鐵，證實是鐵屑不是骨屑。

倒是每個人的手指都被銳利的鐵之紋路給刮傷了，留下淡淡的血痕，那血甚至滲到杯水裡去。

「啊，」母親失態恐慌性地尖叫。「也許他要的就是這個，你們的血！」

太陽出來了，誦經的光頭隊伍也趕到，繞了幾圈，正好把圍觀的群眾隔離開，說是法事進行中。外圍有一群小道士在燒冥紙，東西南北青龍白虎朱雀玄龜四個方位。地上有積水，故而都扛了鐵桶來。說也奇怪，日頭約莫正午，當鐵棺上的水被曬乾之後，鐵花上突然冒起陣陣白煙。且發出細微的「必必卜卜」的崩裂之聲。那朵朵花好似從底部脫落了。老辜肅然拿了手套和鑷子來。大舅二舅把鐵花逐一夾了起來，放進老辜遞過來的木製托盤裡。「果然！」鐵花撿拾盡後，下方露出一樣怪異的事物：一蜷縮如幼兒的骸骨，嵌在冷卻後的鐵漿裡但沒有被燒化，而是如一具海馬的化石，而且也是和底部剝離了。他們小心翼翼把它捧起來，放進大舅掏出的寫滿咒文的黃布袋裡，還打了幾個死結，念了好一會咒語。

酉看著無聊，早就掙脫舅舅冒著汗的手，跑到那棵光禿禿的樹下，仰望滿天雜亂的枝枒。遠遠的，藍天，白雲，有鳥飛過。

他想像昨夜風雨中，一場天火把它滿樹頭髮般的綠葉瞬間燒盡了。有些枝梢猶零星地掛著幾顆果。

那隻獨眼公雞又一跳一跳地出現在駁崁上，側著頭，用有眼睛的那半邊瞧著他。牠的冠好似更紅了。

一小截綠色蛇尾消逝於牆邊的洞。

昨夜在風雨中入眠的酉，做了個奇怪的夢。那龜墓被連續的驚雷擊破的瞬間，一個高瘦的紅袍老頭被震飛。一點藍色螢光悄悄從墓穴中緩緩升起，飄到樹下，接受庇蔭。其後雷電移擊於樹。那螢光即移到最近的一戶印度人家，避開牆上溼婆的圓睜怒目，潛進十四歲的女孩的房裡。在伊踢開被掀起的裙微張的腿間、掀開上衣的肚臍和小腹之間巡逡。一陣溫熱，裡頭小小的子房即初初甦醒了。女孩做了平生第一個春夢，與寶萊塢明星像兩尾蛇那樣糾纏繾綣，唇微啟，發出微微的呻吟。

冷不防，一陣風，那螢被一隻多毛的手打飛，那隻手幫她拉上了被。

牠飛到屋宇梁間，停在梁上，一閃一閃的。一隻壁虎靠近，大膽伸出舌頭，即被「滋」地燙傷摔落暈倒，「嗒」地一聲翻倒、掉在女孩的枕上。

雨後牠快速飛往酉家的途中，幾度遭到夜蛾的撞擊。對方都轟地一聲著火、墜落。躲過幾個球狀閃電的攻擊，進到屋裡。穿過梁間，照亮了白蛇的鱗，而後降到母親的蚊帳裡，在熟睡的伊小腹附近盤桓了好一會，即飛到酉的頭頂，停駐。從氣海穴徐徐沒入。酉只覺頭頂一陣熾熱，那股熱流沿著背脊而下，直抵腰間，那話兒又脹大疼痛了，他一個翻身緊緊抱著母親發燙香馥的大腿，它即不受控制地接連噴發。

評論

Événement

潘怡帆

事件

E

字母會

事件有別於日常，它通過非比尋常的力量與速度把人撞出慣常生活，使人偏離了陳套、安定、規律與默契。事件癱瘓一切，如同瞬間倒塌的疊疊樂，它起於所有反應之前，結束於規則的重建。它因此是轉瞬的勝負，在眾人清醒以前，它已打包離場，這使它成為傳奇、神祕或恐怖的同義詞，成為使人津津樂道的故事。小說述說事件，通過重溫事件脫離日常，然而這也使「小說中必有事件」再次成為日常，使人安於小說中的光怪陸離，它成為娛樂，而不再冒險，如同繫著安全鎖的高空彈跳，生還是可想而知的毫無意外。因而倘若「小說本身便是事件」，那麼它不僅止於書寫事件，更在於成為事件，成為那讓人無法穿透且百思不解的對象，成為那不再令人感到安心，而是無論如何都終止不了的永恆戰慄。

童偉格的字母E以「非事件」說事件。事件使人措手不及，它因打亂所有秩序而成為事件。因此任何對事件的爬梳或訴說都是對事件的馴化，使它不再令人意外，可以被理解，以便重新成為日常的部分，換言之，取消事件。在事件當下，人除了震驚，往往啞口無言，事件驗證了人言說的短缺，而言說事件則驗證了其「非事件」的屬性，因為事件處於所有的語言之外，癱瘓思考，使人無話可說。言說因此是對事件的「事後」重建，它暗示事件的不在場與事過境遷，通過觀察事件剩餘的殘骸，想像眼前廢墟的昔日榮光，如同從殘柱遙想古神廟的磅礴，並通過磅礴區辨了它與眼前殘柱的不同。言說通過指出事件，成為事件的「不是」，如同童偉格小說中的馬拉松事件，通過不跑馬拉松的爺爺來描繪；陳的竊盜事件，以放棄竊盜後，躡走躡腳潛入女友宿舍睡覺和晝伏夜出的工作來敘述。等著接收馬拉松補給站的剩餘物資的爺爺，以延遲卻逐一到點的方式另類地完成馬拉松，他的延遲說明他從未親蒞馬拉松事件。然而，他以非馬拉松事件的另一種馬拉松路線（沿途蒐羅物資再逐家發送給親友），使年復一年的馬拉松不趨於日常，相反的，隨著爺爺不同興致的編說賽事，馬拉松持存著事件的姿態，充滿驚喜與難以預料的期待。「年年舉辦」的馬拉松因此以「年年不同」之姿，一再誕生為事件。事件無法被言說，這導致小說說的總是事件的「不是」，它指向的總是「並非它想說」的事件，而也恰恰如此，使它總已蘊含著另一個無法被指明的在場，並因此成為那同樣無法被言說或指明之物，蛻成「尚未知曉」的事件。

駱以軍的字母E上演事件的不在場。「事件的不在場」不等於沒有事件或回歸日常，而是事件以「不在場」之姿在場。「不在場的在場」是保存事件的唯一法門。言說事件的弔詭在於，言說以解謎或解開事件的方式說事件，這導致事件的日常化，並因此結束事件。因而，保有事件的方式便是使事件以「不在場」的方式「在場」，如同駱以軍的小說以「被弄不見」開場。在這篇小說中的事件像即將燃起的燭芯高熱充斥，卻倏然噗哧一聲地被掐熄。然而，消失不是什麼都不說或不寫，相反的，它因為一個未知破洞的發生使原本日常的均速開始失控，所有的日常瑣碎都彷彿被旋入這個黑洞般的漩渦，開始出現大小不一，過度渲染或濃縮的擠壓與變調。一開始就因為「原因不明」而無法言說的失蹤使所有相關的描述字句都漲滿蠢蠢欲動的未爆事件，即使它們表述的永遠只是在事件之前或之後的「在事件之外」，卻風聲鶴唳地使每個敘述都另有一層的內情。故事裡的「他」假借尋找另一個多年前在母親家裡幫傭的菲律賓女孩，其實是要幫女友找女友，女友其實是他家庭生活之外的小三，而失蹤的女孩又是他女友的小三，在短暫的尋人過程中，母親把假女兒當真女兒，把假媳婦當真媳婦……。一層又一層地縈繞出錯綜複雜的關係，每個時刻都可能是事件炸開的關鍵，事件可能是家裡家外兩種人生的分崩離析、與菲律賓女孩在人海茫茫重逢的痛哭流涕、女孩懷的其實不是水電行老闆而是父親的孩子、在芬蘭浴店遭七、八個古惑仔亂棒擊斃……，然而，什麼都沒發生。事件屢屢從瀕臨爆發的邊緣被帶開、轉向、替換，或乾脆把解開事件的關鍵連根拔起，如同小說最後，母親把掌握「失蹤女孩」關鍵的小女友「扭抓著頭髮硬摁進海底去了」。小女友是小說中「失蹤」事件的起源，也是使「尋找」展開成故事的原點與最終「尋獲」失蹤女孩的唯一線索，此三位一體的關鍵角色卻被母親淹死在海底，事件因此不僅止於再也無法破解，更從起源處被連根拔起。在小說末了砍掉構成小說的事件，使事件憑空消失的駱以軍，留下了如同911後什麼都不剩的漆黑窟窿，空下事件「不在場」的位置。

陳雪的字母E以消失的時間凸顯事件。時間是連續秩序的建立，是日常生活的物理表達，無論以觀測天象、手錶或生理循環等方式去測度時間，都在尋找或建立某種規律性，以便活在時間之中。然而，事件破壞一切秩序，如同遭遇殺父事件的哈姆雷特吶喊著：「時間脫節了。」事件推翻連續、規律、秩序等一切法則，通過取消時間宣告它的在場。事件的時間無法測度，因為那是思考被重創而癱瘓的時間，如同車禍、爆炸或遇襲現場，發生只在眨眼之間。即使從事件外部測度時間，911事件中坍塌的兩座雙子星大廈耗時二小時，對遭逢事件的當事人而言，世界毀於轉瞬。然而，事件的瞬間亦是永恆的時間，經歷事件者永恆地活在事件之中，回想事件使人重回事件的時間，所有回想、重建或重構現場等事件外的時間，逐一被摺返回事件時間之內，進入事件的「時間等於零」（零度時間）。如同陳雪為小說中的事件加上「演講」外框，十分鐘的演講平行摺入十年的故事時間。從樸實的五口之家到破產倒債，姊弟仨的故事隨「尋找母親」的神祕事件打開，然而卻不僅止於回憶已結束或過去的事件，因為事件尚未結束，隨著小姊弟的移動與觀看，事件張開大嘴同步侵吞著演講的時空，當年母親住的「敬華飯店」重新換上此時座談會的酒店裝潢，不同時空的兩幢大廈，樓層互通，走道勾結，相互銜接成非過去也非現在的時間刻度：「（故事）說到此處，她感覺臺下有人倒吸了一口氣，擔憂，幾乎是集體的。沒有人恍神。……臺下的緊張持續升高，會議室的冷氣似乎不那麼冷了，有人開始出汗。」通過故事，小說家截斷聽眾各自隸屬的時間，使他們開始「尋找母親」，或更確切地說，使他們進入事件，化身當事人。如小說所言：「她得製造出魔術」，用故事給時間插枝或分歧，使當下（時間）消失，前往另外一種時間：很久很久以前、前天、十年前、二〇二二年……。然而，另一種時間其實未曾存在，因為它源自對既存時間的破壞，而被塞入的卻是無限漫長的「零度」時間，換言之，故事的時間不是小說標注的時間，不是長達百年的時間或一千零一個故事長度的時間，而是時間的消失，亦即事件的時間。如同《愛麗絲夢遊仙境》中遲到兔子給出的啟示，當時間耗盡之時，時間消失，故事啟動了。

黃崇凱的字母E以「有神在場」裂解日常秩序。KTV、三合院、農作、養殖漁業、姻緣、電玩……，黃崇凱為極其日常的生活景觀鍍上神靈的色澤，從而使日常失去尋常的可能。KTV不再是人際交流的社交場合，而是與神鬼溝通的處所，已過世的大伯與遠在四方的兄弟姊妹通過同一個夢境，抵達同一個包廂，前來傾聽化身為兒童的萬善爺的吩咐。KTV的奇遇斬斷神壇問神的習慣套路，如同父親向黑松道出壇前起乩的實情：「哪有每次都能起乩的，沒遮好康。神沒閒，只好人來配。」神不在壇中，而在KTV裡，三合院不住一般人家，而是巫人的聚落。巫人無異於常人的農耕飼魚，使神聖降生為日常，使最根本的溫飽與質樸的順天應時皆蛻為對神的榮耀，因為巫人的舉止皆謂之敬天，從此日常不再，因為一切日常皆是對「有神在場」的宣揚。黃崇凱以「有神在場」祛除日常生活的日常性，以通神使尋常蛻成事件，凸顯出事件特有的暴力質地，那是推翻一切邏輯的痛擊日常，是使平庸剎那間「非比尋常」的極速威力，如同一旦奉神旨意，冠事件之名，所有內心的迷茫、不確定或困惑皆在須臾迎刃而解。神靈或事件用以解決問題的方式絕非順應常識或回歸日常邏輯，而是訴諸絕對力量，瞬間擊破腦袋地使思考喪失可能。如同連十次聖杯、母親被騰空漂浮的力量……，說服母親讓黑松留在鄉下的，不是父親合情合理的大道理，而是萬善爺「不尋常、無道理」的破壞性邏輯。兒子的姻緣仰賴神明給個說法、電玩經由神明得以除罪……，神的邏輯訴諸於絕對性而無關乎合理，如同事件未曾合理地發生，而總是出人意料。唯有在人的邏輯之外，才有神明，才有事件。

顏忠賢以「腦補」寫字母E，以「其實不在場」的事件描摹事件的可見性。「腦補」是存在腦中的事件，然而，它不是現實事件的再現。「再現」把已經發生過的事情重說一遍，它是對既存之事的恢復秩序，因而導致對事件的取消。腦補的事件是實際上沒有發生的事件，它以違反現實引發腦內秩序的騷動，不動如山的世界頓時在大腦中掀起世界大戰，如同小說中的女孩，因困難的瑜珈動作而汗流浹背時，「那身上的刺青獸臉眼神潮解溼透地對他〔主角〕張望」。「與現實無關」的腦補事件使大腦蛻成事件爆發的第一現場，也使它成為唯一可描述或可說的事件，因為腦補的描述總已是對現實秩序的離經叛道。事件因為摧毀了現實世界的一切秩序而成為事件，如同匪夷所思的倫敦七七爆炸案（7 July 2005 London bombings）、血洗諷刺週報的查理事件（L'attentat contre *Charlie Hebdo*）或北捷殺人事件……，這些事件都迫使原先的日常不再，使從此往後的安檢不再能脫離恐攻的惘惘威脅，使言論自由意味要付出更高昂的代價……。事件使人的生活重新洗牌，然而新的秩序卻無法使人脫離對（既在或未來的）事件的恐懼，因為對這些事件的再現分析、爬梳或防範都有別於事件當下貌似抹除全世界的巨大震撼。換言之，被重說、重想或觀察的事件不是事件，而是「事件過後」的非事件。事件鎮壓思考，然而，腦補構成的事件卻弔詭地被保存。有別於對秩序的再現或恢復，腦補以破壞現實秩序創造新秩序。腦補中的秩序是無可追溯或對照的，它是現實中沒有的事，因而無法被還原，也無法取消它的事件狀態，如同小說裡已經死去的女孩，附身於不同的事件，一再復活於主角的腦袋。腦補於是為我們描摹出事件最驚人的特質之一：事件對一切秩序的毀滅，原是為了使新的秩序從破敗中誕生，它對世界的終結，原是為了重新誕生世界。

黃錦樹的字母E是事件在日常中的借屍還魂。事件是對秩序的破壞，亦通過震驚使人跌到日常生活之外，它不可預料，因為它從不以任何已知或既有的方式發生，總是落在所有的期待之外，非可預期。事件有別於日常，它狀似離生活遙遠，然而，它真正使人震驚的，不在於它遙不可及，相反的，正因為它往往與日常太接近，從日常中猛然炸開，才殺人措手不及，使生活錯亂失常。換言之，事件的恐怖莫過於它總已潛伏於日常中，如同小說一開場，那遺失多年卻倏乎被發現的棗紅腳踏車，它與大地融合一體的模樣，訴說著它其實從未缺席的在場，一直都在，只是這麼多年，從來沒有被注意或發現。被發現的棗紅腳踏車為事件開場，因為它的「被發現」說明了一種違反常態的意外：過去從沒發現它在經常遊玩的墓園附近，因為「換個角度看，〔腳踏車〕是從土裡長出來」。腳踏車藏在如此近似日常中，然而只要微調角度，便會從日常中看見事件，如同小說裡近看的綠樹，一旦遠觀，則會因為疊合了南方香火不斷的小廟，蛻成非比尋常的一棵「燃燒的綠樹」。事件因此來自於對日常瑣碎的重新對焦，通過不同角度的柔焦或銳利處理，使某個細節放大成非日常比例的怪奇事物，如同孩子氣的撒尿蛻成破壞的肇因，暴雨驚雷轉變成天打雷劈……，通過另眼相待，事件逐一浮現，環環相扣地把身在其中的人更緊更無可動搖地攫獲。而正當讀者屏氣凝神以待，準備迎接那不斷被宣稱為恐怖與世界末日等級的破壞之後，事件卻早已消失，或更確切地說，它在翻天覆地的驚嚇了所有人（大舅、二舅、小舅，甚至是早已痲木卻因此清醒過來的母親……）之後，又再度於所有人能察覺之前地隱蔽回日常（酉的身上）當中，伺機等待下一輪的啟動。

胡淑雯的字母E以縝密的計畫築成事件絕佳的掩蔽所。如同捕獸的窟窿，事件讓人墜入不見五指的混沌。計畫是為了藏匿陷阱（事件）的安排，移轉注意力，使事件突襲成功，愈是精密的描述愈是為了成就另一樁不可告人的事件。計畫與事件以相反的方向運動，計畫朝向過去，所有的計算都是為了使接下來的一舉一動成為對過去所預先規畫的重複，一步步踏進過去。如同小說中小海在車上排泄的精密安排：塑膠袋、四下無人的確認、甜美方正的死角、恰好的時機與適時的短裙……骨牌般經過安排的依次倒下，共同成就了順利排泄的計畫。毫無意外的行動像完美的計畫，缺少了事件必要的意外。排泄計畫因而是事件的表面，用來藏匿那真正不可告人的事件：什麼點心也捨不得吃的她，竟遭遇生理的背叛，成為唯一「需要排泄的，動物般的人」。事件恆指向未來，它破壞一切計畫，使人措手不及、難以思考、無法面對與完全失能。小海以為自己理解游泳，然而，她的比基尼、充氣泳池與溪溝裡踢水，卻被正統泳裝、水中漂浮、潛水與跳水狠狠打臉，使她頓失對已認識世界的信賴，陷入絕對無知的茫然。她拚死掙扎地攀附任何可用的救援，努力回溯每個記憶的片段，海邊的、市區游泳課的或夏令營的……然而，任何細節的回想都將她捲入更深的失效與無知，成為她最終滅頂的理由。這便是關於事件的絕對未來性，它深藏於計畫項背，在並行間推翻計畫，竄改成意外與未知。計畫對事件的遮蔽使它成為製造事件的共犯，蛻成那日正當中的鬼臉。難以分辨究竟是烈日迫使了臉的猙獰，抑或純扮鬼臉？無法分辨究竟正走在計畫的安全網裡，或是會隨時翻臉成事件的絕對危險？在計畫的層層掩護下，事件遍布在小說的任一處，它使所有計畫皆蛻成「狀似計畫」的「其實是事件」，使所有的精心計畫都成為通往事件的恐怖共謀。計畫不再有「重複過去」的安全本質，而成為「永恆他者」的事件，一如小海化成「沒有臉的妖」，墜入事件「未完成」的持續進行中。

通過書寫，七位小說家不斷擴大並抹消事件的原有邊界，使日常的細枝末節皆可能蛻成事件的開端，從尋常無奇中轉生出難以預料的例外狀況。由是事件層出不窮與絕無重複地烽火四起，由是，讀者不得不跟著成為事件的過敏者，從字裡行間的閱讀中再掀另一波事件風暴。

作者簡介

◉**策畫**

楊凱麟

一九六八年生，嘉義人。巴黎第八大學哲學場域與轉型研究所博士，臺北藝術大學藝術跨域研究所教授。研究當代法國哲學、美學與文學。著有《書寫與影像：法國思想，在地實踐》、《分裂分析福柯》、《分裂分析德勒茲》與《祖父的六抽小櫃》；譯有《消失的美學》、《德勒茲論傅柯》、《德勒茲，存有的喧囂》等。

◉**小說作者**（依姓名筆畫）

胡淑雯

一九七〇年生，臺北人。著有長篇小說《太陽的血是黑的》；短篇小說《哀豔是童年》；歷史書寫《無法送達的遺書：記那些在恐怖年代失落的人》（主編、合著）。

陳雪

一九七〇年生，臺中人。著有長篇小說《摩天大樓》、《迷宮中的戀人》、《附魔者》、《無人知曉的我》、《陳春天》、《橋上的孩子》、《愛情酒店》、《惡魔的女兒》；短篇小說《她睡著時他最愛她》、《蝴蝶》、《鬼手》、《夢遊1994》、《惡女書》；散文《像我這樣的一個拉子》、《我們都是千瘡百孔的戀人》、《戀愛課：戀人的五十道習題》、《臺妹時光》、《人妻日記》（合著）、《天使熱愛的生活》、《只愛陌生人：峇里島》。

童偉格

一九七七年生，萬里人。著有長篇小說《西北雨》、《無傷時代》；短篇小說《王考》；散文《童話故事》；舞臺劇本《小事》。

黃崇凱

一九八一年生，雲林人。著有長篇小說《文藝春秋》、《黃色小說》、《壞掉的人》、《比冥王星更遠的地方》；短篇小說《靴子腿》。

黃錦樹

一九六七年生，馬來西亞華裔，一九八六年來臺求學。著有短篇小說《雨》、《魚》、《猶見扶餘》、《刻背》、《南洋人民共和國備忘錄》、《土與火》、《烏暗暝》、《夢與豬與黎明》；散文《火笑了》、《焚燒》；論文《論嘗試文》、《華文小文學的馬來西亞個案》、《文與魂與體》、《謊言或真理的技藝》、《馬華文學與中國性》等。

駱以軍

一九六七年生，臺北人，祖籍安徽無為。著有長篇小說《女兒》、《西夏旅館》、《我未來次子關於我的回憶》、《遠方》、《遣悲懷》、《月球姓氏》、《第三個舞者》；短篇小說《降生十二星座》、《我們》、《妻夢狗》、《我們自夜闇的酒館離開》、《紅字團》；詩集《棄的故事》；散文《胡人說書》、《肥瘦對寫》（合著）、《願我們的歡樂長留：小兒子2》、《小兒子》、《臉之書》、《經濟大蕭條時期的夢遊街》、《我愛羅》；童話《和小星說童話》等。

顏忠賢

一九六五年生，彰化人。著有長篇小說《三寶西洋鑑》、《寶島大旅社》、《殘念》、《老天使俱樂部》；詩集《世界盡頭》，散文《壞設計達人》、《穿著Vivienne Westwood馬甲的灰姑娘》、《明信片旅行主義》、《時髦讀書機器》、《巴黎與臺北的密談》、《軟城市》、《無深度旅遊指南》、《電影妄想症》；論文集《影像地誌學》、《不在場——顏忠賢空間學論文集》；藝術作品集《軟建築》、《偷偷混亂：一個不前衛藝術家在紐約的一年》、《鬼畫符》、《雲，及其不明飛行物》、《刺身》、《阿賢》、《J-SHOT：我的耶路撒冷症候群》、《J-WALK：我的耶路撒冷陰影》、《遊——一種建築的說書術，或是五回城市的奧德塞》等。

◉評論

潘怡帆

一九七八年生，高雄人。巴黎第十大學哲學博士。專業領域為法國當代哲學及文學理論，現為科技部人文社會科學研究中心博士後研究員。著有《論書寫：莫里斯．布朗肖思想中那不可言明的問題》、〈重複或差異的「寫作」：論郭松棻的〈寫作〉與〈論寫作〉〉等；譯有《論幸福》、《從卡夫卡到卡夫卡》。

字母會——A——未　來

A COMME AVENIR

除了面對尚未到來的人民，不知書寫還能做什麼？

未來意味著與當下的時間差，小說家必須在時間差當中飛躍，以抵達眾人尚未抵達之地。黃錦樹以馬來半島特殊的鬥魚，從物種面臨的殘酷生死中，反應人對死亡的恐懼；陳雪描述生命的故障與修復，有未來的人也是會邁向死亡的人；童偉格描述死亡無法終止記憶，甚至成為一再回溯的萬有引力，陳述人邁向未來之重；胡淑雯以童年的結束，描述未來是如何開始的；顏忠賢筆下的人是在荒謬與無謂的等待狀態中被推向未來；駱以軍以旅館的空間隱喻死後的場所；黃崇凱則將人類移民火星的未來新聞化為事實。

字母會——B——巴洛克

B COMME BAROQUE

一種過度的能量就地凹陷成字的迷宮

迷宮無所不在，無所不是，巴洛克以任一極小且全新的切點，照見世界各種面向，繁複是因為它總是在去而復返，它重來卻總是無法回到原點。童偉格以回覆眼鏡行寄來的一張廣告明信片，建構記憶的迷宮；黃錦樹以一如謎的情報員隱喻殖民地被竊走與被停滯的時間，所有的青年從此只是遲到之人；駱以軍以超商、酒館、社區大學與咖啡館等場所，提取人與人如街景的關係，無關就是相關；陳雪的盲眼按摩師從一個身體讀出一生曾經歷的女性；胡淑雯在一起報社性騷擾事件表露各說各話的癲狂；顏忠賢描述人生就是一齣恐怖與不斷出差錯的舞臺劇，只能又著急又同情；黃崇凱則揭開一場跨年夜企圖破紀錄的約炮接力，在迷宮中的回聲不是對話，而是肉體與肉體的撞擊。

字母會——C——獨　身

C COMME CÉLIBATAIRE

當我們感受到孤獨這個詞要意味什麼，
似乎我們就學到一些關於藝術的事。

文學的冒險，觀照一切孤獨與難以歸類之物，意味著書寫與閱讀的終將孤獨。黃錦樹敘述遁隱深林最後的馬共，戰役過後獨自抱存革命理想；童偉格將一個人拋置於無人值班的旅館；胡淑雯凝視女變男者的崩潰與自我建立；顏忠賢以猶豫接下家傳旅館與廟公之職的年輕人，描述一個很不一樣的天命；駱以軍以如同狗仔隊偷拍的鏡頭，組裝人生一場場難以寫入小說的過場戲；陳雪描寫小說家之孤獨，看著現實人物在他的故事裡闖進又闖出；黃崇凱以香港與臺灣兩個書店老闆的處境，假設一九九七年香港與臺灣同時回歸中國，書店在政治之中成為一個孤獨的場所。

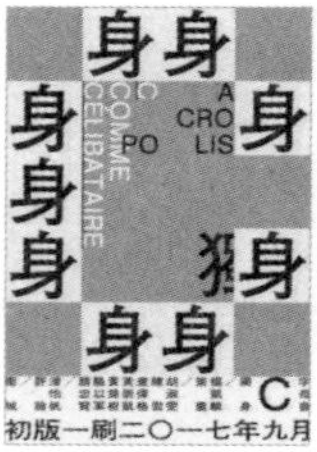

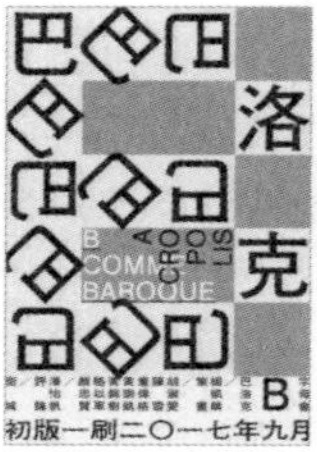

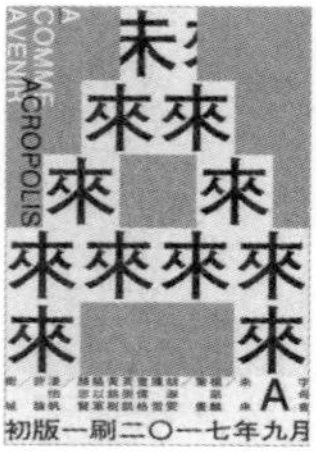

字母會——D——差　異

D COMME DIFFÉRENCE

必須相信甚至信仰「有差異，而非沒有」，
那麼書寫才有意義。

差異是文學的最高級形式，差異書寫與書寫差異，使得文學史更像是一部「壞孩子」的歷史。顏忠賢從民間信仰安太歲切入，描繪安於或不安於信仰的心態；陳雪在變性與跨性別者間看見差異與相同；胡淑雯以客觀與主觀兩種口吻，講述同一次性義工經驗；黃崇凱提出電車難題的版本，解答一則主婦與研究生外遇的結局；駱以軍從一對老少配，描述遲暮的女體之幻影如外星偵測；黃錦樹寫革命分子戰爭殘存的斷臂仍書寫歷史不輟，而後蛻化再生；童偉格以最後一個莫拉亞人的經歷，在悲傷的滅絕中仍保持擬人姿態。

字母會——F——虛　構

F COMME FICTION

小說本身便是事件，
小說必須讓自身成為由書寫強勢迫出的語言事件。

虛構不是創造不可見之物，而是可見與不可見之間的戰役，使可見的不可見性被認識，這就是書寫最激進之處。駱以軍以臉書上的「神經病」挑戰記憶的可信度，與讀者共同辯證不可置信故事的真實性；黃崇凱虛構臺灣與吐瓦魯合併下的婚姻，為非常寫實的新移民故事；陳雪讓抑鬱症患者以寫小說拼湊身世，從而看見活過的人生不過是其中一種版本；胡淑雯描述年幼期的跳躍，可能來自一次偶然幾近自我虛構的擾動；顏忠賢講述峇里島魚神帶來的祈求與恐懼，來自於祂在人類腦中放入的一種暗示，信仰有自行啟動虛構的能力；黃錦樹以連環夢境重新編輯時空，夢的虛構也是人類經驗的來源；童偉格以老者的眼光，表白人生如倖存者般，要使曾經歷的一切留存為真。

字母LETTER：駱以軍專輯

2017 Sep. Vol.1

從字母會策畫者楊凱麟以「pastiche」（擬仿）這個詞評論駱以軍開始，駱以軍在字母會的二十六篇小說，證明他是強大的文學變種人，就像孫悟空一樣，可以自行幻化成無數機靈小猴，不只七十二變。德國哲學背景的蔡慶樺則從康德哲學解讀《女兒》，認為絕美的女兒眾神的毀滅，是這個世界正常化的過程，但女兒們還是可以不遭遺棄，得到幸福。我們將在這篇書評深入理解駱以軍的存在論。長達二萬四千字的專訪，駱以軍細談自己的文學啟蒙、如運動員般地自我鍛鍊，以及對文學發展的看法，並提及這三年面臨的生命崩壞。翻譯《西夏旅館》得到英國筆會翻譯獎的辜炳達，則撰文描述他如何從《西夏旅館》讀到了《尤利西斯》，在著迷中一頭栽進翻譯的艱困旅程，他列舉翻譯這本書的五大難題。透過這四個不同角度，期待能全面而完整地透視這位當代重要的華文小說家。

字母 06

字母會E事件

作者——楊凱麟、陳雪、童偉格、駱以軍、顏忠賢、胡淑雯、黃崇凱、黃錦樹、潘怡帆
總編輯——莊瑞琳
責任編輯——吳芳碩
協力編輯——盧意寧
行銷企畫——甘彩蓉
封面設計——王志弘
內頁設計——張瑜卿
排版——宸遠彩藝

社長——郭重興
發行人兼出版總監——曾大福
出版——衛城出版
發行——遠足文化事業股份有限公司
地址——二三一四一 新北市新店區民權路一〇八-二號九樓
電話——〇二-二二一八一四一七
傳真——〇二-八六六七一〇六五
客服專線——〇八〇〇-二二一〇二九
法律顧問——華洋國際專利商標事務所 蘇文生律師
製版——瑞豐電腦製版印刷股份有限公司
初版——二〇一七年九月
定價——二八〇元

國家圖書館出版品預行編目資料

字母會E事件 / 楊凱麟等作.
-初版.-新北市：衛城出版：遠足文化發行，2017.09
面； 公分.-(字母；06)
ISBN 978-986-94802-9-1(平裝)
857.61 106014503

ACRO POLIS 衛城

字母會 FACEBOOK

填寫本書線上回函

● 親愛的讀者你好，非常感謝你購買衛城出版品。
我們非常需要你的意見，請於回函中告訴我們你對此書的意見，
我們會針對你的意見加強改進。

若不方便郵寄回函，歡迎傳真或EMAIL給我們。
傳真電話——02-2218-8057
EMAIL——acropolis@bookrep.com.tw

或上網搜尋「衛城出版FACEBOOK」
http://www.facebook.com/acropolispublish

● 讀者資料

你的性別是 □ 男性 □ 女性 □ 其他

你的職業是 ______________________ 你的最高學歷是 ______________________

年齡 □ 20 歲以下 □ 21-30 歲 □ 31-40 歲 □ 41-50 歲 □ 51-60 歲 □ 61 歲以上

若你願意留下 e-mail，我們將優先寄送______________________衛城出版相關活動訊息與優惠活動

● 購書資料

● 請問你是從哪裡得知本書出版訊息？（可複選）
□ 實體書店 □ 網路書店 □ 報紙 □ 電視 □ 網路 □ 廣播 □ 雜誌 □ 朋友介紹
□ 參加講座活動 □ 其他 __________

● 是在哪裡購買的呢？（單選）
□ 實體連鎖書店 □ 網路書店 □ 獨立書店 □ 傳統書店 □ 團購 □ 其他 __________

● 讓你燃起購買慾的主要原因是？（可複選）
□ 對此類主題感興趣
□ 覺得書籍設計好美，看起來好有質感！
□ 議題好熱，好像很多人都在看，我也想知道裡面在寫什麼
□ 其他 __________
□ 參加講座後，覺得好像不賴
□ 價格優惠吸引我
□ 其實我沒有買書啦！這是送（借）的

● 如果你覺得這本書還不錯，那它的優點是？（可複選）
□ 內容主題具參考價值 □ 文筆流暢 □ 書籍整體設計優美 □ 價格實在 □ 其他 __________

● 如果你覺得這本書讓你好失望，請務必告訴我們它的缺點（可複選）
□ 內容與想像中不符 □ 文筆不流暢 □ 印刷品質差 □ 版面設計影響閱讀 □ 價格偏高 □ 其他 __________

● 大都經由哪些管道得到書籍出版訊息？（可複選）
□ 實體書店 □ 網路書店 □ 報紙 □ 電視 □ 網路 □ 廣播 □ 親友介紹 □ 圖書館 □ 其他 ______

● 習慣購書的地方是？（可複選）
□ 實體連鎖書店 □ 網路書店 □ 獨立書店 □ 傳統書店 □ 學校團購 □ 其他 __________

● 如果你發現書中錯字或是內文有任何需要改進之處，請不吝給我們指教，我們將於再版時更正錯誤
____
____
____
____
____

廣 告 回 信
臺灣北區郵政管理局登記證
第 1 4 4 3 7 號
請直接投郵·郵資由本公司支付

23141
新北市新店區民權路108-2號9樓

衛城出版 收

● 請沿虛線對折裝訂後寄回, 謝謝!

請

沿

虛

線

剪

下

ACRO
POLIS 衛城
出版

事件事件
件
事件事件
件 E
COMME LIS
EVENEMENT ACROPO

事件事件

衛／許楚 顏賴黃童陳胡／宋楊／華 字
城 鈞帆 忠以綜崇淑 毅 母
怡 賢軍樹凱格奕雯 書 件 會
E
初版一刷二〇一七年九月